Thomas Brezina · Die Gruft des Baron Pizza

Hallo Detektive,
hier mein ganz persönlicher
Steckbrief!

Name: Thomas Brezina (meine Freunde dürfen mich auch Brezl nennen)
Größe: 1,76 m
Gewicht: 60 kg (schwankt …)
Haarfarbe: dunkelbraun
Augenfarbe: braun

BESONDERE KENNZEICHEN:
Ich habe einen Bart und sammle verrückte und coole Uhren. Eine davon zeigt mir immer an, wie viel Uhr es dort ist, wo die Knickerbocker-Bande gerade einen Fall löst.

MEINE ERINNERUNGEN AN DIE SCHULE:
Ich habe in der Schule gern Zeichnen, Englisch und Mathematik gehabt. Gehasst habe ich Latein und – Überraschung – auch Deutsch. Mein Lehrer hat immer nur Rechtschreibfehler gesucht, deshalb ist mir die Freude am Schreiben verloren gegangen.

MEINE LIEBLINGSBESCHÄFTIGUNGEN:
Schreiben, Reisen, Musicals, Kino, TV, Lesen, mit meinem Hund Daffi spazieren gehen, Schwimmen und natürlich schwierige Kriminalfälle lösen!

MEIN LIEBLINGSESSEN:
Am allerliebsten esse ich Sushi. Das ist roher Fisch auf Reisbällchen und schmeckt bedeutend besser, als es klingt.

MEIN GEBURTSDATUM:
Ich bin Wassermann und am 10. Tag dieses Sternzeichens geboren. Kombiniert: Wann ist mein Geburtstag?

MEINE KNICKERBOCKER-KRIMIS:
Sie fallen mir beim Duschen, Spazierengehen, mitten in der Nacht, im Flugzeug oder an sonstigen ungewöhnlichen Orten ein.

MEINE BERUFSWÜNSCHE:
Ich wäre gern Detektiv geworden. Aber ich fürchte, dazu hatte ich damals nicht genug Mut und Ausdauer. Und jetzt kann ich mir keinen anderen Beruf vorstellen als den, für euch spannende Geschichten zu schreiben.

Wenn ihr noch Fragen habt: www.thomasbrezina.com

Thomas Brezina

DIE KNICKERBOCKER BANDE®

DIE GRUFT DES BARON PIZZA

Abenteuer Nr. 19

Mit Illustrationen von
Atelier Bauch-Kiesel

Ravensburger Buchverlag

LILO
DOMINIK

AXEL
POPPI

Als Ravensburger Taschenbuch
Band 56232
erschienen 2001

Erstmals erschienen 1992
bei der hpt-Verlagsgesellschaft m. b. H. & Co. KG, Wien

Umschlagillustration: Ferenc B. Regös
Umschlagfotografie: Martin Vukovits

Printed in Germany

Die Schreibweise entspricht den Regeln
der neuen Rechtschreibung.

1 2 3 4 5 05 04 03 02 01

ISBN 3-473-56232-7

www.ravensburger.de
www.thomasbrezina.com

Inhalt

DIE KNICKERBOCKER-BANDE

NAME: Axel Klingmeier
SPITZNAME: früher Schrumpfkopf und Gnomi
ALTER: fast 14 Jahre
STERNZEICHEN: Steinbock
COOL FINDE ICH: Sport
TOTAL UNCOOL: Langweiler, Oberlehrer, Wichtigtuer
LIEBLINGSSPEISE: alles
BESONDERE KENNZEICHEN: Bin früher oft verspottet worden, weil ich klein bin. Heute traut sich das keiner mehr.

NAME: Lieselotte (Lilo) Schroll
SPITZNAME: Superhirn
ALTER: fast 14 Jahre
STERNZEICHEN: Krebs
COOL FINDE ICH: Skifahren, Rafting, Krimis, starke Ideen und Mut
TOTAL UNCOOL: Feiglinge; Leute, die nicht lachen können; Trauerklöße
LIEBLINGSSPEISE: Chinesisches Essen
BESONDERE KENNZEICHEN: Habe zwei blonde Zöpfe, auf die ich besonders stolz bin.

NAME: Paula Monowitsch
SPITZNAME: Poppi (Paula finde ich einen Horrornamen)
ALTER: fast 10 Jahre
STERNZEICHEN: Fische
COOL FINDE ICH: meine Tiere, Tierschutz-Organisationen, Poster
TOTAL UNCOOL: Tierquäler; Leute, die behaupten, nie Angst zu haben
LIEBLINGSSPEISE: Fruchtsalat und Melonen, aber kein Fleisch
BESONDERE KENNZEICHEN: Ich besitze einen Minizoo mit zwei Hunden, einem Papagei, drei Katzen, Kaninchen, Goldfischen, Ratten und einem Weihnachtskarpfen, den ich vor der Pfanne gerettet habe.

NAME: Dominik Kascha
SPITZNAME: (verrate ich nicht)
ALTER: fast 11 Jahre
STERNZEICHEN: Waage
COOL FINDE ICH: Lesen, Rätsel, Leute mit Durchblick
TOTAL UNCOOL: Quatschköpfe, erhobene Zeigefinger, strenge Erwachsene
LIEBLINGSSPEISE: Spaghetti
BESONDERE KENNZEICHEN: Meine Eltern sind Schauspieler, und auch ich stehe bereits auf der Bühne und vor der Filmkamera.

DER NAME KNICKERBOCKER-BANDE ENTSTAND ...

- als Axel, Lilo, Poppi und Dominik von Lord Conrad of Knickerbocker ausgezeichnet wurden, weil sie seinen entlaufenen Mops gefunden hatten,
- ***als Axel einen Weltrekord aufstellte und in 22 Knickerbocker-Hosen in nur 30 Sekunden Löcher gebissen hatte,***
- als Poppis Papagei zum ersten Mal ein Wort von sich gab und es sich nach „Knickerbocker" anhörte,
- ***als die vier den Zeichenwettbewerb einer Lederhosenfirma gewannen und einander bei der Preisverleihung kennen lernten,***
- als Dominik der jüngste Student an der Knickerbocker-Universität wurde,
- ***als Lieselotte endlich das Rätsel der jodelnden Knickerbocker-Hosen gelöst hatte,***
- als Axel, Lilo, Poppi und Dominik sieben entsprungene Knickerbocker-Hosen wieder eingefangen haben,
- ***als der Song „Knickerbocker Kiss" in der Hitparade auf Platz 1 landete.***

Richtige Erklärung bitte ankreuzen. *Die Lösung steht auf Seite 144.*

Der Mann auf der Straße

„Da hat ein Mann gestanden! Hinter dem Baum!“, rief Poppi. „Er hat ein Funkgerät in der Hand gehabt und ist in Deckung gegangen, als wir vorbeigefahren sind!“

„Quatsch!“, lautete die Meinung von Lieselotte zu dieser Meldung. „Poppi, reg dich ab. Du befindest dich zwar auf der Insel Sizilien, aber deshalb lauert trotzdem nicht hinter jedem Baum ein Mitglied der Mafia.“

Kichernd stieß Dominik hervor: „Wahrscheinlich musste der Mann einem höchst menschlichen Bedürfnis nachgehen!“ Poppi verstand nicht, was er meinte. „Er musste pinkeln!“, übersetzte Axel den komplizierten Satz seines Freundes.

Poppi drehte den Kopf weg und presste die Lippen aufeinander. Sie ließ sich nicht gern verspotten und als Angsthase hinstellen. Schon gar nicht von Lilo, Axel und Dominik, ihren Knickerbocker-Banden-Freunden. Sie hatte den Mann gesehen. Nur eine Sekunde lang, aber das hatte gereicht.

Die vier Freunde saßen im Augenblick in einem knallroten, äußerst schnittigen Sportwagen, der für Axel in die Kategorie „superheißer, affensteiler Schlitten“ fiel. Der Fahrer des Autos war Antonello, der italienische Cousin von Lieselotte, und sie befanden sich auf dem Heimweg von einem köstlichen Pizza-Essen.

Axel, der auf dem Beifahrersitz saß, wurde langsam ungeduldig: „He, Antonello, wozu hast du eigentlich einen Wagen mit 300 PS, wenn du damit im Schneckentempo dahinkriechst?“, wollte er wissen.

Der Italiener mit dem dunklen, gekräuselten Haar ließ sich so etwas nicht zweimal sagen. Die Küstenstraße, auf der sie unterwegs waren, war zwar schmal, aber wenig befahren.

Antonello beschloss, den Knickerbocker-Freunden zu zeigen, was in seinem Wagen steckte. Er trat auf das Gaspedal, ließ den Motor aufheulen und raste los.

Poppi, Dominik und Lilo wurden auf die schmale Hinterbank gedrückt und bei jeder Kurve heftig hin- und hergeschleudert. „Hör auf, was soll das?“, schrie Dominik, als der Wagen gefährlich nahe an den Straßenrand schlitterte. Der Junge wusste, dass sich hinter der Leitplanke nichts befand. Dort fiel der Felsenhang steil zum tosenden Meer hinab.

„Keine Panik, Junge“, beschwichtigte Antonello ihn. „Ich habe meinen Wagen fest im Griff!“

Die Reifen quietschten, und Antonello musste alle Kraft aufbieten, um das Lenkrad fest- und unter Kontrolle zu halten. Wieder verriss er das Steuer und raste um die Kurve. Nur durch einen kräftigen Tritt auf die Bremse konnte er verhindern, dass er mit voller Geschwindigkeit in einen roten Ferrari krachte, der gemütlich auf der Küstenstraße unterwegs war.

Antonello legte rasch einen anderen Gang ein und überholte unter lautem Hupen. Es folgten mehrere Doppel-S-Kurven und Poppi presste die Hände auf den Mund. Wenn die Fahrt so weiterging, würde die Pizza wahrscheinlich nicht in ihrem Magen bleiben.

„Hör auf, du Wahnsinniger!“, krächzte sie. „Hör auf!“ Es folgte ein lauter Schrei des Mädchens und Lieselottes Cousin trat abermals das Bremspedal durch. Der Sportwagen rutschte über den Asphalt und stellte sich quer.

„Ein Toter!“, japste Axel. „Auf der Straße liegt ein Toter!“ Einige Sekunden lang herrschte im Auto absolute Stille. Lilo presste ihr Gesicht gegen die kleine hintere Scheibe und versuchte in der Dunkelheit etwas zu erkennen. Aber es gelang ihr nicht. Der Mond war heute hinter Wolken versteckt und Straßenlampen gab es keine.

Antonello startete den Motor und manövrierte seinen Wagen wieder in Fahrtrichtung. Im Licht der Scheinwerfer sahen nun alle den Grund von Poppis Schrei und der Notbremsung. Zusammengekrümmt und leblos lag eine dünne Gestalt auf der Fahrbahn. Um ein Haar hätte Antonello sie überfahren.

Der junge Italiener öffnete die Wagentür und stieg aus. Die Knickerbocker-Freunde blickten einander fragend an, und als Lilo aufmunternd nickte, folgten sie ihm. Antonello schien die Sache nicht ganz geheuer zu sein. Völlig unnötigerweise zupfte er nervös an der dünnen Lederkrawatte, die er auch in seiner Freizeit trug.

Normalerweise machte Lilos Cousin einen lässigen, lockeren und flotten Eindruck. Die Mädchen flogen auf ihn und Antonello schien nichts aus der Ruhe bringen zu können. In diesem Moment wirkte er allerdings sehr unsicher und ängstlich.

Die Luft war warm und erfüllt vom unermüdlichen Zirpen der Zikaden. Aus der Ferne mischte sich dazu das Tosen der Meeresbrandung. Sonst tat sich nichts.

Axel, Lilo, Poppi und Dominik zogen wie auf Kommando die kleinen, kugelschreibergroßen Taschenlampen heraus, die sie immer bei sich trugen, und knipsten sie an. Langsam, Schritt für Schritt, gingen sie auf die dunkle Gestalt zu. Handelte es sich tatsächlich um einen Toten? Oder war der Mann nur verletzt und benötigte dringend Hilfe? Konnte das nicht auch eine Frau sein?

Antonello beugte sich hinunter und legte zaghaft seine Hand auf die Schulter des Menschen. Sie war kühl und feucht. Der Italiener zog sanft an, worauf sich der Unbekannte zu ihm rollte.

Nun schrie nicht nur Poppi auf! Auch Lilo, Dominik und Axel stießen einen lauten, entsetzten Schrei aus und schlugen die Hände vor das Gesicht, als sich der Kopf des Mannes vom

Körper löste und die Straße hinunterrollte. Die vier Junior-Detektive, die nicht so schnell zu erschrecken waren, drehten sich entsetzt weg und starrten plötzlich in gleißende Lichter. Als sie sich zu Antonello umwandten, mussten sie erkennen, dass auch aus der anderen Richtung äußerst helle, kleine Scheinwerfer auf sie gerichtet waren. Lilos Cousin machte einige Schritte auf die Knickerbocker zu und legte schützend seine Arme um sie.

Geblendet schlossen Axel, Lilo, Poppi und Dominik die Augen. Sie hielten die Hände vor das Gesicht und versuchten zwischen den Fingern durchzuspähen. Trotzdem konnten sie nicht erkennen, wer sich da lautlos an sie herangeschlichen hatte. Ohne nur ein einziges Wort zu sagen, kamen die Träger der Handscheinwerfer näher und immer näher heran.

„Das war nur ein Trick“, flüsterte Antonello der Bande zu. „Ihr habt keinen Toten gesehen. Auf der Straße liegt eine Puppe. Ich Idiot hätte früher daran denken können. Auf diese Art stoppen Straßenräuber Autos und rauben die Insassen aus.“

Lilo hatte blitzschnell die Lichtpunkte gezählt, die sie umzingelt hatten. Es waren sieben Stück, die den Ring immer enger zogen.

Auf Italienisch rief ihnen Antonello etwas zu. Wahrscheinlich wollte er wissen, was die Angreifer im Sinn hatten. Er bekam keine Antwort. Dafür ertönte ein metallischer Knall und ein Scheinwerfer seines Wagens erlosch. Gleich darauf knallte es ein zweites Mal und auch der andere Scheinwerfer ging aus. „Schweine“, keuchte Antonello. „Sie schlagen mit Eisenstangen auf mein Auto ein!“

„Vergiss die Karre. Sag, wie wir hier rauskommen!“, keuchte Axel. Die Freunde pressten sich eng an den jungen Mann. Die Ungewissheit über ihre Gegner war ein Horror für sie. Mittlerweile waren die Straßenräuber höchstens noch drei Meter entfernt. Nun gab es aus dem Ring kein Entkommen mehr. Die Knickerbocker-Bande und Antonello saßen in der Falle.

Der Mann mit dem Funkgerät ... Er hat mit diesen Typen zu tun, fiel Poppi ein. Einen ähnlichen Gedanken hatte auch Lilo. Allerdings kam er zu spät.

Antonello brüllte etwas in die Nacht. Doch die unbekannten Angreifer schwiegen. Es war ein eiskaltes, Grauen erregendes Schweigen, das nur vom Konzert der Zikaden und dem Plätschern des Meeres gemildert wurde.

Der Zusammenstoß

Plötzlich war nicht nur das Zirpen der Zikaden und das Rauschen der Brandung zu hören, sondern auch ein leises Brummen. Es hörte sich nach einer übergroßen Nähmaschine an, war in Wirklichkeit aber das Geräusch eines besonders starken Motors.

Der rote Ferrari, schoss es den vier Knickerbocker-Freunden durch den Kopf. Der rote Ferrari, den Antonello überholt hatte, näherte sich langsam jener Stelle der Küstenstraße, an der sie sich im Augenblick befanden.

Nicht nur die Junior-Detektive, sondern auch die Träger der Handscheinwerfer hörten das Fahrzeug. Fast gleichzeitig knipsten sie die Lampen aus und verschwanden in der Dunkelheit. Steine knirschten, im Gebüsch raschelte es, und da und dort war ein Schritt zu hören. Genauso schnell und unauffällig, wie sie aufgetaucht waren, verschwanden die Angreifer wieder.

„In den Wagen! Avanti!", kommandierte Antonello. Das musste er nicht zweimal sagen. Wieselflink huschten die Knickerbocker auf das Auto zu und zwängten sich auf die schmale Rückbank und den Beifahrersitz. Antonello startete und ließ den Motor aufheulen. Verzweifelt drückte er verschiedene Tasten auf dem Armaturenbrett und stieß leise Flüche aus.

„Was ist?", erkundigte sich Dominik mit zitternder Stimme.

„Kein Licht. Die verdammten Idioten haben doch die Scheinwerfer zerstört", zischte der Italiener. „Meine Lichtanlage ist kaputt. Aber wir müssen es trotzdem versuchen. Wir müssen wegfahren."

Der Mond schien Mitleid mit Antonello und der Knickerbocker-Bande zu haben und kam in diesem Augenblick fast voll und rund hinter einer Wolke zum Vorschein. Sein Licht war schwach, aber es reichte aus, um den Verlauf der Fahrbahn notdürftig zu erkennen. Antonello löste die Bremse und rollte los. „Axel, drück die Türsicherung nieder“, befahl er. „Für den Fall, dass einer dieser Kerle doch aus seinem Versteck kommt und die Tür aufreißen möchte.“

Der Junge tat, was ihm Lilos Cousin angeordnet hatte, und hörte, wie die Verriegelung einrastete. Die Autotür konnte nun von außen nicht mehr geöffnet werden.

Poppi schwitzte und klammerte sich mit aller Kraft an der Lehne des Fahrersitzes fest. Lilo kaute vor Aufregung so heftig an ihren Zopfspitzen, dass sie den Mund voller Haare hatte. Dominik knabberte an seinen Nägeln, und Axel hatte sich auf seine Hände gesetzt, weil er nicht zeigen wollte, wie heftig sie zitterten.

Der junge Italiener presste das Gesicht gegen die Windschutzscheibe und achtete genau auf den Verlauf der Straße. Jede falsche Lenkradbewegung konnte nun den tödlichen Absturz in die Tiefe bedeuten.

Nachdem Lilos Cousin eine starke Rechtskurve genommen hatte, hörte er, wie hinter ihm ein Motor laut aufjaulte. Ein gleißender Lichtblitz zuckte durch die Heckscheibe und Bruchteile von Sekunden später bekam Antonellos Sportwagen von hinten einen Stoß und wurde nach vorn geschleudert. Metall krachte und quietschte und Glas splitterte. Das Auto, das die geheimnisvollen Straßenräuber vertrieben hatte, war in der Dunkelheit aufgefahren. Axel, Lilo, Poppi und Dominik wurden zuerst nach vorne und gleich darauf zurückgeschleudert.

Abermals krachte es und ein Funkenregen stob durch die Dunkelheit. Antonellos Wagen war gegen die Leitplanke gestoßen. Durch den Aufprall wurde das Auto zurück auf die

Fahrbahn geschleudert und drehte sich einmal um die eigene Achse. Dabei prallte es mit dem hinteren Ende abermals gegen die Absperrung am Straßenrand. Diesmal hielt die rostige, altersschwache Metallschiene aber nicht mehr stand und brach. Der Sportwagen sackte mit einem Ruck ab, als hätte jemand in nur einer Sekunde die Luft aus beiden Hinterreifen gesaugt. Danach stand das Fahrzeug still.

Der Wagen, der in Antonellos Fahrzeug gekracht war, befand sich wenige Meter entfernt. Aber statt Antonello und den Knickerbockern zu Hilfe zu eilen, ließ der Fahrer den Motor an und raste in die Dunkelheit. Er schien nur einen Gedanken im Kopf zu haben: Flucht.

Antonello schickte ihm einen Schwall von Schimpfwörtern und Flüchen nach und riss den Wagenschlag auf. Er setzte seinen Fuß nach draußen und erstarrte.

„Keine Bewegung!“, befahl er.

„W … w … was ist?“, wollte Axel wissen.

„Keine Bewegung, bleibt völlig ruhig!“ Jetzt erst spürten die vier Freunde, dass der rote Sportwagen kippte. Er schwankte langsam und unter gespenstischem, fast jammerndem Knarren vor und zurück. Lilo und Dominik wussten sofort, was geschehen war. Beiden blieb vor Schreck fast das Herz stehen.

Am Rande des Abgrunds

Nun erkannten auch die anderen beiden, dass sich die Hinterräder nicht mehr auf der Fahrbahn befanden. Sie hingen über die Kante der Straße hinaus. Der Wagen war kurz vor dem Absturz in das Meer. Wie hoch die Steilwand an dieser Stelle war, konnte man in der Finsternis allerdings nicht abschätzen. Vielleicht drei Meter, vielleicht aber auch fünf, zehn oder mehr. Das Rauschen des Meeres und der Donner der Wellen, die gegen die Felsen schlugen, klangen auf jeden Fall beängstigend.

Die Junior-Detektive hatten schon viele Abenteuer erlebt und zahlreiche Gefahren überstanden. Doch diese Sekunden würden sie nie vergessen.

Jeden Augenblick konnte der alles entscheidende letzte Ruck kommen, der ihren Tod bedeuten würde. Das Leben von Axel, Lilo, Poppi und Dominik hing einmal mehr an einem seidenen Faden.

Es knirschte und der Sportwagen bewegte sich einige Zentimeter nach hinten. Der Schreck löste die Verkrampfung der Knickerbocker und sie stießen einen lauten, angsterfüllten Schrei aus.

„Still!“, fuhr Antonello sie an. „Haltet das Maul!“ Die vier Freunde verstummten, als hätte ihnen jemand den Strom abgedreht, und erstarrten abermals. Antonello sprach langsam und hatte Mühe, die Worte über die Lippen zu bekommen. „Ich werde mich nun aus dem Wagen bewegen und ihn vorn an der Stoßstange festhalten“, erklärte er seinen Plan. „Sobald ich das geschafft habe, kriecht einer nach dem anderen heraus. Keine hektischen Bewegungen. Wenn ihr euch langsam bewegt, werden wir es schaffen!“

Die Knickerbocker hielten die Luft an, als Lieselottes Cousin im Zeitlupentempo seine Beine ins Freie hob. Er beugte den Oberkörper nach draußen und drückte sich langsam aus seinem Sitz. Durch den Gewichtsverlust knirschte es abermals und die Schnauze des Autos stieg wenige Zentimeter in die Höhe. Axel, Lilo, Poppi und Dominik erschienen diese Zentimeter wie Meter. Das Übergewicht nach hinten wurde größer. Der Absturz kam immer näher und näher. Doch diesmal unterdrückten die Junior-Detektive jeden Schrei. Auch Poppi schaffte es, sich zu beherrschen. Mit weit aufgerissenen Augen beobachtete sie den Schatten des jungen Italieners, als er nach vorn lief und die Stoßstange des Wagens packte. Er drückte sie nach unten und versuchte, so das weitere Abrutschen des Autos zu verhindern. Scharf wie die Schneide eines Messers schnitt die Metallkante in seine Hände.

Axel spürte plötzlich eine bohrende Unruhe. Er konnte keine Sekunde mehr still sitzen bleiben und hatte nur einen Gedanken: Raus! Er wollte die Wagentür öffnen, doch es klappte nicht. Nun fiel dem Jungen auch der Grund ein. Er hatte vorhin selbst die Tür verriegelt. Der Schweiß trat Axel aus allen Poren, als er mit zitternden Fingern nach dem Knopf tastete, mit dem die Verriegelung gelöst wurde. Aber er klemmte. Wahrscheinlich war der Öffnungsmechanismus in der Tür beim Aufprall beschädigt worden. Axel nahm alle Kraft zusammen, doch der Knopf ließ sich keinen Millimeter in die Höhe ziehen.

„Ich sitze fest“, keuchte Axel.

„Dann bleib völlig ruhig hocken und verlier nicht die Nerven“, riet ihm Lieselotte von der Rückbank aus. „Es ist ohnehin besser, wenn zuerst wir hinausklettern und der Wagen hinten leichter wird. Wir helfen dir dann sofort!“

Doch davon wollte der Junge nichts wissen. Er musste hinaus. Die Panik, die bohrende Angst und die drohende

Gefahr, die von Sekunde zu Sekunde größer wurde, machten ihn blind und taub. Er vergaß seine Kumpels und dachte nur noch an sich. Axel begann zu strampeln und warf seinen Oberkörper auf den Fahrersitz. Verdammt! Wieso waren diese Sportwagen nur so eng? „Rühr dich keinen Zentimeter mehr!“, schrie Lieselotte ihn an, als sie spürte, wie das Fahrzeug wieder zu wippen begann. Aber Axel hörte sie gar nicht. Raus! Raus! Raus! Das war sein einziger Gedanke. Er schlug mit Armen und Beinen um sich und robbte über den Schaltknüppel und die tiefen Schalensitze.

„Bist du wahnsinnig?“, kam von draußen Antonellos Stimme. Durch die Anstrengung klang sie gequetscht und heiser. „Bist du geistesgestört? Langsam bewegen!“ Axel reagierte nicht und kämpfte sich weiter nach draußen. „Du Blödmann, hör auf! Willst du uns umbringen?“, schrie Lieselotte. Endlich konnte der Junge seinen Kopf ins Freie strecken. Mit einer Judo-Rolle ließ er sich aus dem Auto auf den warmen Asphalt fallen. Gleich darauf hörte er ein hohes, schneidendes Quietschen, als ob jemand mit einem Metallnagel über einen Spiegel kratzte. Er drehte sich um und schnappte entsetzt nach Luft. Der Wagen! Der Wagen rutschte nach hinten. Wie aus weiter Ferne hörte Axel die Schreckensschreie seiner Freunde Lilo, Poppi und Dominik. Er sah Antonello, der wie ein Kieselstein vom Wagen mitgeschleift wurde und trotzdem nicht losließ. Und mit einem Schlag wurde Axel klar, was er angerichtet hatte. Er hatte seine Kumpels nicht nur im Stich gelassen, sondern auch in den Tod gestürzt. Das heißt, noch hing der Wagen an der Felskante. Der Junge sprang auf und wollte die offene Fahrertür packen. Aber sie entglitt ihm und schlug zu. Axel spürte das Blech über seine Handflächen gleiten, doch plötzlich war es weg. Im nächsten Moment ertönte ein lauter Platsch, dem heftiges Blubbern folgte.

„Mama mia! Kinder! Bambini! Lilo! Poppi! Dominik!“, schrie Antonello. Lilo! Poppi! Dominik!, echote es in Axels Kopf. Sie waren mit dem Wagen in die Tiefe gestürzt, wo sie nun im Wasser versanken. Schuld daran war Axel. Der Junge sank nieder und begann hemmungslos zu heulen. Es gab kein Gestern und kein Morgen und es gab keine Knickerbocker-Bande mehr. Aus! Alles aus!

Todesmutig

Die Sekunden des Absturzes würden Lilo, Poppi und Dominik nie vergessen. Es war nicht die Todesgefahr, die sie völlig fertig machte, sondern die totale Machtlosigkeit. Die drei Knickerbocker-Freunde waren auf der schmalen Rückbank eingezwängt und konnten sich nicht befreien. Durch Axels Panikanfall war jede Hoffnung auf Rettung aus dem absturzgefährdeten Fahrzeug dahin.

Das Knirschen der Steine, das Kratzen der Felsen über das Blech, die hohen, schrillen, quietschenden Töne bohrten sich wie lange Nadeln in ihre Ohren und Gehirne. Die Welt schien Kopf zu stehen. Oben war nicht oben, und wo unten war, wussten sie nicht mehr. Den drei Freunden war, als würden sie nicht nur in einen Abgrund, sondern ins totale Nichts stürzen. Es war das Ende, aus dem es keine Rückkehr gab.

Ihre Schreie beim Fall hörten sie selbst wie aus weiter Ferne. Ihre Körper spürten sie nicht mehr. Es war, als hätten sie sich aufgelöst.

Erst der Aufprall des Sportwagens auf der Wasseroberfläche brachte sie wieder zu Bewusstsein. Er war wie ein Peitschenknall, der ihnen die Augen, Ohren und Gedanken öffnete. Lieselotte hob den Kopf und sah durch die Windschutzscheibe die Felswand. Sie erkannte ungefähr drei Meter höher die zerstörte Leitplanke und ihren Cousin Antonello, der ihnen nachblickte und wie ein aufgescheuchtes Huhn hin- und herrannte.

„Hilfe!“, schrie Poppi.

„Ich will nicht ertrinken! Ich will nicht sterben!“, brüllte Dominik und schlug mit den Armen um sich.

„Mama!“, kreischte Poppi und versuchte aufzuspringen.

Sie warf sich auf Lilo und krallte sich verzweifelt an ihr fest. Das Superhirn der Knickerbocker-Bande bewies in diesen Sekunden wieder einmal, dass es etwas beherrschte: auch in den gefährlichsten und bedrohlichsten Lagen einen klaren und kühlen Kopf zu bewahren.

Nun musste jeder Handgriff sitzen. Es durfte dem Mädchen kein Fehler unterlaufen. Nur so war es möglich, vielleicht aus dem schnell sinkenden Fahrzeug lebendig zu entkommen. Um ihre Freunde zur Vernunft zu bringen, versetzte Lilo ihnen zwei schallende Ohrfeigen.

Das wirkte. Poppi und Dominik verstummten und starrten sie mit weit aufgerissenen Augen an. „Abschnallen! Hat jemand noch seinen Sicherheitsgurt angelegt?“, rief Lieselotte. Als sich keiner der beiden bewegte, nahm Lilo die Sache selbst in die Hand. An Poppis Brust entdeckte sie einen Gurt und löste in fieberhafter Eile das Schloss. Erst beim dritten Versuch ließ es sich öffnen. Lieselotte befreite das Mädchen und mit zwei schnellen Griffen löste es die Sperren der Vordersitze. Sie trat gegen die schwarzen Schalen aus Hartplastik, worauf sie ein Stück nach vorn fuhren und die Lehnen vorklappten. Der Weg zu den Türen war also frei.

„Wir müssen ... raus ... raus!“, stammelte Dominik. Poppi keuchte nur und deutete mit dem Zeigefinger auf das Seitenfenster. Im bleichen, schwachen Mondlicht war der Wasserspiegel zu erkennen, der schnell höher stieg. Das Auto war bereits fast zur Gänze versunken. Die ersten Wellen schlugen schon über dem Dach zusammen. „Türen auf!“, keuchte Dominik.

„Nein!“, sagte Lieselotte streng und scharf. „Der Wasserdruck ist viel zu groß. Wir kriegen die Türen nicht auf. Hört mir jetzt genau zu!“ Das Mädchen hatte zum Glück noch seine Taschenlampe in der Hand und knipste sie an. Den Lichtstrahl lenkte es genau auf die Gesichter seiner Freunde.

Poppi starrte weiterhin mit aufgerissenen Augen in die Dunkelheit hinaus. Sie hatte Lilos Worte gar nicht wahrgenommen. Lilo wusste, dass in solchen Momenten alle Mittel erlaubt waren. Sie packte Poppis langes Haar und riss kräftig daran. Der Schmerz brachte das Mädchen ein wenig zur Besinnung und es drehte den Kopf und das verzerrte Gesicht zu Lieselotte.

Von unten und durch die Lüftungsschlitze drang nun das Meereswasser in das Innere des Autos. Sprudelnd und gluckernd plätscherte es herein und bedeckte schon nach wenigen Sekunden den Boden.

„Ich werde nun versuchen das Fenster zu öffnen, damit das Wasser schneller hereinkommt", erklärte Lilo den anderen ihren Plan. „Ihr braucht keine Angst zu haben. Kapiert??? Atmet gut durch, und wenn uns das Wasser bis zum Hals steht, haltet die Luft an. Erst dann ist es nämlich möglich, die Tür zu öffnen!"

Dominik und Poppi nickten mechanisch. Sie folgten Lilos Worten blindlings und ohne darüber nachzudenken. „Ihr haltet euch an meinem Pulli fest!", befahl Lieselotte. Wieder bestand die Antwort ihrer Freunde nur aus einem schnellen Nicken.

Das Superhirn der Knickerbocker-Bande zögerte nicht lange. Nun war Tempo angesagt. Lilo, die in der Mitte der Rückbank saß, beugte sich nach vorn und tastete nach der Fensterkurbel. Zum Glück hatte der Wagen keine elektrischen Fensterheber, sondern gute, altmodische Kurbeln. Es gelang dem Mädchen bereits beim ersten Anlauf, das Fenster ungefähr drei Zentimeter zu öffnen, worauf ein Wasserschwall ins Innere des Fahrzeugs strömte.

Die Geräusche rund um die drei Junior-Detektive steigerten sich zu einem gruseligen Konzert, das immer lauter wurde. Das Blech des Autos knarrte wie eine altersschwache

Hängebrücke. Das Wasser donnerte von außen gegen die Karosserie und plätscherte im Inneren wie in einem Hallenbad.

Lilo, Poppi und Dominik husteten und spuckten, da ihnen das Salzwasser in Mund und Nase spritzte. Mittlerweile stand es den drei Freunden bereits bis zur Brust und Lilo kämpfte sich wieder nach vorn und packte den Türöffner. Sie zog daran und stemmte sich mit aller Kraft gegen den Wagenschlag. Aber er bewegte sich nicht. Die Taschenlampe entglitt ihr und verlöschte. „Tief einatmen und die Luft anhalten. Packt meinen Pulli!", schrie sie in die Dunkelheit.

Das Wasser füllte bereits fast den gesamten Wagen aus. Lilo warf sich abermals gegen die Tür, aber vergeblich. Das Mädchen begann am ganzen Körper zu zittern. Es spürte weder Kälte noch Wärme, sondern nur noch Panik. Es musste jeden Muskel seiner Arme anspannen, um die Finger zum Verriegelungsknopf hin bewegen zu können. Vielleicht war er wieder eingerastet?

Von hinten spürte Lilo die strampelnden Bewegungen ihrer Kumpels. Sie pufften und drängten und wanden sich vor Verzweiflung und Furcht. Lieselotte zerrte am Verriegelungsknopf und spürte, wie er sich nach oben bewegte. Er war also tatsächlich wieder eingerastet. Blitzschnell zog sie den Türöffner hoch. Nun musste sie noch einmal alle Kräfte aufbieten, um die Tür aufzustoßen.

Aber plötzlich war das Blech fort. Vor ihr lag das Meer. Das kühle Salzwasser, aus dem ein warmer, menschlicher Arm auftauchte und sich ins Innere des Autos schlängelte.

Lieselotte bekam mit, dass sie aus dem Wagen gezerrt wurde und Poppi und Dominik wie Kletten an ihr hingen und mitgezogen wurden. Danach herrschte Nacht um das Mädchen. Nasse, schwarze Nacht.

Der rote Ferrari

Es war drei Uhr in der Früh und in der gemütlichen Wohnstube von Mama Sophia brannte noch immer Licht. Mama Sophia war um drei Ecken mit Lieselotte verwandt und Lilo hatte deshalb immer Tante Sophia zu ihr gesagt. Antonello war Sophias Sohn, und weil es am einfachsten war, hatte ihn Lieselotte immer als ihren Cousin bezeichnet.

Mama Sophia war eine Frau, die wusste, wie die Sachen laufen sollten. Sie trug stets einfache Kleider, hatte das graue Haar zu einem Knoten hochgesteckt und war gewohnt, dass geschah, was sie verlangte.

In dieser Nacht allerdings war sie außer sich. Sie saß am Küchentisch, den Kopf in die Hände gestützt, und betete. Neben ihr kauerten Axel, Poppi und Dominik auf den etwas abgewetzten Stühlen und knabberten an Wassermelonen. Antonello stand am Fenster und blickte in die Nacht hinaus.

„Bambini", flüsterte Mama Sophia zärtlich und strich Poppi über das Haar. Immer wieder warf sie einen Blick zum Telefon und hob die Hand, um zum Hörer zu greifen und zu wählen. Doch dann ließ sie es bleiben. Der Anruf bei Lilos Eltern blieb ihr nicht erspart. Aber was änderte es, wenn sie die Familie Schroll mitten in der Nacht aus dem Bett riss?

„Das ... das waren keine Straßenräuber", sagte Antonello leise. „Diese Leute haben uns aufgelauert. Aber was wollten sie von mir?"

Dominik hob den Kopf und meinte: „Mafia ... das war bestimmt die Mafia." Mama Sophia zuckte bei diesem Wort zusammen. Sie warf ihrem Sohn einen strengen Blick zu und fragte scharf: „Antonello, was hast du angestellt? Sag es mir auf der Stelle!"

Antonello schüttelte den Kopf. „Nichts, Mama. Gar nichts. Wirklich nichts!“

„Eure Rettung ist ein Wunder“, murmelte Sophia und reichte Lieselotte eine Tasse Tee. Obwohl es nicht mehr bei vollem Bewusstsein gewesen war, hatte das Mädchen mit den Beinen geschlagen und war zur Wasseroberfläche getaucht. Als Lilo den Kopf aus dem Wasser streckte, waren die Lebensgeister zum Glück zurückgekehrt. Sie erkannte Antonello neben sich, der Poppi und Dominik über Wasser hielt. Der junge Italiener war ins Wasser gesprungen und dem versinkenden Fahrzeug nachgetaucht. Ohne ihn hätten es die Knickerbocker vielleicht nicht geschafft, sich aus dem Auto zu befreien.

Während Antonello auftauchte, war ein Lastwagen den Berg heraufgekommen. Axel hatte ihn angehalten und dem Fahrer mit Händen und Füßen erklärt, was geschehen war. Der Mann sprach nämlich weder ein Wort Deutsch noch eine Silbe Englisch. Axel konnte aber auch kein Italienisch. Zum Glück verstand der Lastwagenfahrer schnell, was zu tun war, und mit Hilfe eines Seiles zog er Lilo, Poppi, Dominik und Antonello aus dem Wasser hinaus auf die Straße.

Er wickelte die vier in stinkende, staubige Decken und verfrachtete sie auf die Ladefläche seines Fahrzeuges, wo er Käfige mit Hühnern geladen hatte. In der Fahrerkabine war nämlich für alle fünf nicht genug Platz.

Freundlicherweise brachte er die Bande und Antonello bis vor die Haustür des alten Bauernhauses, in dem Mama Sophia und ihr Sohn wohnten. Nachdem er eine stattliche Belohnung erhalten hatte, verabschiedete er sich und fuhr weiter.

In Sophias Küche warteten nun die Knickerbocker und Lilos Cousin auf das Eintreffen der Polizei, um Meldung zu erstatten. Mama Sophia hatte auch einen Arzt rufen wollen, doch nach einer gründlichen Inspektion der vier Freunde nahm sie davon Abstand. „Keine Verletzungen, nur großer Schreck!“, hatte sie festgestellt, und da sie Ärzten immer misstraute, verordnete sie der Bande zuerst ein Stück Wassermelone und danach Schlaf.

Axel schüttelte immer wieder den Kopf. „Ich ... ich habe euch ... es ist alles meine Schuld ... ich ...“ Lieselotte streckte die Hand über den Tisch und legte sie auf seinen Arm. „Hör auf, dich fertig zu machen. Wir sitzen alle hier. Fix und fertig, aber heil und ganz. Es war der totale Wahnsinn und ... Ausrasten ist ... na ja ... manchmal nicht zu vermeiden!“ Axel lächelte schwach, aber dankbar. Er machte sich schwere Vorwürfe, dass er versagt und seine Freunde in Lebensgefahr gebracht hatte.

„Dieser rote Ferrari ... der ... der ... hat mit allem zu tun“, stieß Lieselotte hervor. Trotz überstandenen Schreckens und völliger Erschöpfung arbeiteten die Grübelzellen des Superhirns auf Hochtouren. „Ich bin sicher, *er* hätte überfallen werden sollen. Aber dann hast du ihn überholt, Antonello, und bist den Räubern direkt in die Hände gefahren.“

Der junge Italiener staunte über Lilos Kombinationen und Überlegungen. Sie klangen äußerst logisch. In der Dunkelheit konnte man seinen Wagen ohne weiteres mit einem roten Ferrari verwechseln. Lilos Gedanken gingen noch weiter: „Der Fahrer des Ferrari hat bestimmt mitgekriegt, dass etwas nicht stimmt. Deshalb hat er seine Geschwindigkeit plötzlich erhöht und ist hinter der Kurve mit deinem Wagen zusammengestoßen. Er hat ihn nicht gesehen, weil du ja kein Licht hattest. Ich bin sicher ... der Überfall hat ihm gegolten.“

Mama Sophia scheuchte die Kinder in die Betten. Schlaf war nun am wichtigsten für sie. Widerspruch war zwecklos, denn der wurde von der Italienerin nicht geduldet.

Doch Mama Sophia war keine Frau, die einfach die Hände in den Schoß legte und sich mit dem Schicksal zufrieden gab.

Sie wollte unter keinen Umständen zulassen, dass ihr Sohn und ihre Patenkinder in noch größere Gefahr gerieten. Deshalb beschloss sie, auf schnellstem Wege mehr über den roten Ferrari und dessen Fahrer herauszufinden. Sie hatte auch schon eine Idee, wie sie das anstellen konnte, denn Sophia hatte viele Freunde und Bekannte. Obwohl die Uhr erst halb vier Uhr am Morgen zeigte, griff sie zum Telefonhörer …

Treffpunkt Theater

Der nächste Tag begann für die Knickerbocker-Bande erst am späten Nachmittag. Bis dahin hatten die vier Freunde nämlich tief und fest geschlafen. Es war kurz vor fünf Uhr, als sie aufwachten, sich schnell wuschen und ins Freie traten.

Sophia bewohnte einen romantischen Bauernhof, von dem aus man den schneebedeckten Gipfel des Vulkans Ätna sehen konnte. Rund um das alte Gemäuer erstreckten sich riesige Gärten, in denen hunderte Zitronen- und Orangenbäume standen. Die großen, saftigen Früchte, die an den Ästen hingen, sahen aus wie gemalt.

„Wie geht es euch?“, erkundigte sich die forsche Frau bei den Junior-Detektiven. Als Antwort rieb sich Dominik den schmerzenden Arm, Poppi betastete die blauen Flecken auf ihrem Hinterteil, Axel betrachtete seine zerschnittenen Hände, und Lieselotte überprüfte die Schulter, die sie sich bei der Klettertour aus dem Wagen leicht verrenkt hatte. „Es wird schon wieder!“, lautete der Kommentar der Knickerbocker.

Sie ließen sich an einem Holztisch nieder und Mama Sophia versorgte sie mit Spagetti und Melonen. „Ich weiß bereits, wem der Ferrari gehört!“, verkündete sie stolz. Die Junior-Detektive hoben überrascht die Köpfe und blickten sie fragend an. „Der Besitzer wohnt in Taormina, einem Ort nicht weit von hier. Er ist Besitzer des Hotels ‚Isola Bella‘.“

„Wie hast du das so schnell rausgekriegt?“, erkundigte sich Lilo neugierig.

„Freunde“, antwortete Sophia. „Ich habe Freunde angerufen, die eine Autowerkstatt haben. Die haben wieder andere Freunde verständigt und gefragt, wer auf Sizilien einen Ferrari fährt. So viele Exemplare dieser Luxus-Kutschen gibt es hier nicht. Und auf diese Weise sind wir auf Signor Baldi gestoßen. So heißt der Mann."

„Und? Hast du vor, diesen Herrn einem Verhör zu unterziehen?", wollte Dominik wissen. Mama Sophia schüttelte den Kopf. „Nein ... das heißt, vielleicht später. Aber bei Verhören ist die Polizei besser. Ich habe jetzt nur eine Sorge: Falls es sich bei diesem Signor Baldi um ein Mitglied der Mafia handelt und ihr gestern in eine Sache der Mafia verwickelt worden seid, dann muss ich euch in Sicherheit bringen."

Beim Blick in die Gesichter der vier Freunde wurde Sophia klar, dass sie das besser nicht hätte sagen sollen. „Wird schon nicht so sein", beruhigte sie die Knickerbocker.

„Ist die Mafia wirklich so mächtig?", erkundigte sich Axel.

Sophia nickte. „Die Mafia ist in dieser Gegend sehr einflussreich. Wer ein Hotel oder ein Geschäft besitzt, zahlt Schutzgeld. Sonst muss er mit Drohungen, Überfällen und Einbrüchen rechnen! In Palermo kannst du nicht einmal beerdigt werden, wenn deine Angehörigen keinen Tribut an die Friedhofsmafia entrichten!"

Als die Sonne unterging, läutete das Telefon. Mama Sophia hob ab und meldete sich mit strenger, etwas herrischer Stimme. Dann aber änderte sich ihre Sprechweise schnell und sie schien freundlicher. Zufrieden nickend legte sie auf.

„Signor Baldi", verkündete sie. „Er hat tatsächlich Schuld an allem, was gestern geschehen ist. Die Polizei war gerade bei ihm. Er hat am Vormittag bereits Selbstanzeige wegen Fahrerflucht gemacht und ist selbstverständlich bereit, für den Schaden aufzukommen. Außerdem lädt er uns alle nach Taormina ein. Wir treffen ihn morgen um 20 Uhr ..." Sophia stutzte plötzlich. Nachdenklich runzelte sie die Stirn. „Wir treffen ihn im Amphitheater. Wieso eigentlich nicht in seinem Hotel?"

Die Antwort auf diese Frage war schnell entdeckt. In dem über zweitausend Jahre alten Theater fanden noch immer Aufführungen statt. Am darauf folgenden Abend stand ein Ballett auf dem Programm. Poppi freute sich sehr darüber, da sie selbst manchmal Ballettunterricht nahm. Lieselotte blickte dem Treffen aus einem anderen Grund gespannt entgegen: Sie erhoffte sich eine Antwort auf die Frage, wieso die Straßenräuber es auf Signor Baldi und den roten Ferrari abgesehen hatten. Wer einen Überfall so gründlich vorbereitet, der hat auch einen Grund dafür.

Obwohl der Himmel strahlend blau war, donnerte und grollte es über den Köpfen der Knickerbocker-Freunde. Mama Sophia blickte besorgt nach oben und wiegte nachdenklich das Haupt.

„Ein Gewitter? Ohne Wolken?“, überlegte Dominik laut.

„Nein, der Vulkan“, erklärte ihm Sophia. „Seit mehreren Tagen ist er unruhig. Im Radio wurde sogar schon von einem möglichen Ausbruch gesprochen.“

Poppi schluckte. „Das kann ja heiter werden“, meinte sie. Von Aufregungen und Abenteuern hatte sie eigentlich schon wieder genug.

Im Laufe der nächsten Stunden wurde das Donnern immer heftiger und lauter. Gegen 18 Uhr ereignete sich dann eine besonders heftige Explosion, nach der eine riesige Rauchsäule aus einem Hang des Ätna quoll. Sie war dunkelgrau und breitete sich nach allen Seiten über den Himmel aus. Bald war der Qualm so dick, dass er die untergehende Sonne verdeckte. Staunend verfolgten die Junior-Detektive das beeindruckende Naturschauspiel.

„Ist der Ausbruch gefährlich?“, erkundigte sich Axel bei Antonello, der in der Zwischenzeit nach Hause gekommen war. Der junge Italiener nickte. „Im Radio habe ich gehört, dass sich zwei neue Krater gebildet haben. Ich fürchte, dass es diesmal wieder einen schlimmen Ausbruch geben wird. Der Rauch ist nur der Anfang. Aber in Kürze setzt der Aschenregen ein. Der Vulkan hat nämlich jetzt nicht nur Qualm und Wasserdampf ausgestoßen, sondern auch Asche. Bis in 1000 Meter Höhe wirft er sie hinauf und von dort kommt sie dann als schwarzer Regen wieder herab. Der schwarze Regen ist für den Boden gut. Es ist eine Art Dünger. Aber die Asche legt sich auch auf Häuser und Autos, und einmal wurde sogar der Flughafen von Cantia gesperrt, da die Start- und Landepisten voll Asche und unbenutzbar waren."

Die Müdigkeit der Knickerbocker war schließlich aber größer als die Neugier und gegen neun Uhr fielen die vier Freunde todmüde in die Betten.

Kurz nach eins weckte sie Mama Sophia. „Steht auf, ihr könnt nun etwas sehen, das nicht so oft geschieht!", rief sie Axel, Lilo, Poppi und Dominik zu. Diese schlüpften in ihre Bademäntel und folgten Lilos Tante in den Garten.

Sophia hatte nicht übertrieben. Das Naturspektakel, das sich ihnen hier bot, war unbeschreiblich. Aus den zwei neuen Kratern des Vulkans wurde immer wieder rot glühendes, flüssiges Gestein in die Nacht geschleudert. Es handelte sich um Lavabrocken, die wie Riesen-Feuerwerkskörper durch die Dunkelheit flogen.

„Oft spuckt sie der Vulkan über hundert Meter in den Himmel", erzählte Sophia. Die Krater, die sich bei dem Ausbruch gebildet hatten, lagen etwas unter dem Gipfel des Ätna und wurden von der Glut in rotes Licht getaucht. Immer wieder wurde neues Gestein ausgestoßen und verursachte ein unglaubliches, unvergleichliches Feuerwerk am Himmel.

Nach einer Stunde bekamen die Junior-Detektive wieder große Sehnsucht nach ihren Betten. Sie hatten die Erholung dringend nötig. Außerdem würden sie in den nächsten Tagen viel Kraft benötigen, aber davon ahnten sie noch nichts ...

Geheimnisvolle Entdeckungen

Der Ausbruch des Ätna stand auch am nächsten Tag im Mittelpunkt des Geschehens. Im Fernsehen sahen die vier Freunde beeindruckende Luftaufnahmen von der Aktivität des Vulkans. In den Berichten wurde immer wieder die Hoffnung geäußert, dass nur wenig Lava fließen und dadurch nichts zerstört werden würde.

Es war zehn Minuten vor acht Uhr am Abend, als die Knickerbocker-Bande und Antonello beim Eingang des Amphitheaters von Taormina eintrafen. Mama Sophia war daheim geblieben. Sie wollte abwarten, ob ihre Freundin in San Glossa vielleicht ihre Hilfe benötigte.

Taormina ist ein malerischer, romantischer, alter Ort, der auf einem Berg über dem Meer liegt. Jedes Jahr kommen tausende Touristen, um die Stadt zu besichtigen oder in einem der zahlreichen Hotels den Urlaub zu verbringen. „Früher war Taormina ein Räubernest!“, raunte Dominik seinen Freunden zu. „Steht auf jeden Fall so in meinen Büchern.“

„Das ist Signor Baldi!“, sagte Antonello bestimmt und zeigte auf einen weißhaarigen Mann in einem schwarzen, eleganten Anzug.

„Woher weißt du das? Du kennst ihn doch gar nicht“, meinte Poppi. Antonello deutete auf den Schlüsselanhänger, den der Mann um den Zeigefinger kreisen ließ. „Auf dem ist das Ferrari-Zeichen drauf – das springende Pferd auf gelbem Grund!“ Lilos Cousin trat auf den Mann zu und sprach ihn an. Er hatte sich nicht geirrt. Signor Baldi schüttelte ihm kräftig die Hand und ließ sich dann zu den Knickerbocker-Freunden führen. Er sprach fließend Deutsch und setzte zu einer langen

Entschuldigungsrede an. Mittendrin brach er dann aber ab und sagte: „Ich quassle und quassle, dabei beginnt das Ballett in wenigen Minuten. Ich dachte, die Aufführung wird euch allen Freude bereiten. Es ist eine winzige Wiedergutmachung für den schrecklichen Vorfall von vorgestern."

Das Schauspiel, das den Knickerbockern in der folgenden Stunde geboten wurde, war wirklich einzigartig. Die Zuschauer saßen auf riesigen steinernen Stufen, die im Halbrund um die Bühne angelegt waren. Von ihnen aus hatte man aber nicht nur eine prachtvolle Sicht auf die Tänzer. Da vom ehemaligen Bühnenhaus nur noch Mauerreste und einige Säulen übrig waren, konnte man dahinter die Küste, die Badeorte, das Meer und den Ätna sehen.

Axel, Lilo, Poppi und Dominik konnten ihre Augen nicht vom Vulkan wenden, auf dem ein deutlicher, rot glühender Fleck zu erkennen war. Der Fleck wurde lang und immer länger und bald kroch eine glühende Zunge den Hang hinab.

„Die Lava ... sie fließt", erklärte Antonello. Für das Ballett hatten die Knickerbocker von nun an keine Augen mehr.

Als die getanzte Geschichte der Wunderpuppe, die zum Leben erwachte, zu Ende war, gab es tosenden Beifall. Die Leute erhoben sich und Signor Baldi lud die Bande und Antonello in sein Hotel ein. Dort war in dieser Nacht ein Maskenball im Gange. Die Gäste trugen alle prunkvolle Gewänder, die die Knickerbocker sonst nur aus dem Theater oder von alten Bildern kannten. Über die Schultern hatten sie weite Umhänge geschlungen und vor die Gesichter Masken gebunden.

„Die kommen mir bekannt vor", meinte Dominik nachdenklich.

„Es sind Masken, die sonst beim berühmten Karneval in Venedig getragen werden", erklärte Signor Baldi und führte seine Gäste in einen Nebentrakt des Hotels, den er bewohnte.

Auf der Terrasse, die zu seiner Privatwohnung gehörte, war ein großer Tisch gedeckt, wo nun eine Köstlichkeit nach der anderen serviert wurde.

„Ich bitte noch einmal um Verzeihung für mein idiotisches Benehmen in der schrecklichen Nacht“, beteuerte Signor Baldi immer wieder. „Ich habe vorgestern einfach die Nerven verloren.“

Lilo blickte den Mann prüfend an. Er musste ungefähr sechzig Jahre alt sein und machte einen äußerst wohlhabenden und ruhigen Eindruck. Irgendwie sieht er wie der Traumopa aus, fiel dem Mädchen ein. Der Hotelbesitzer wirkte trotz seines Alters durchtrainiert, kräftig und muskulös. Das Einzige, was Lilo ein wenig verunsicherte, war der harte Zug rund um seinen Mund. Er passte so gar nicht zum Auftreten und Benehmen des Mannes. Signor Baldi besprach nun mit Antonello die geschäftliche Seite des Unfalls. Versicherungsnummern wurden ausgetauscht und Geldsummen besprochen. Der Mann feilschte um keine Lira, sondern bot Lilos Cousin vollen Schadenersatz.

Axel war es, der schließlich die Frage wagte: „Signor Baldi, wir glauben, dass eigentlich *Sie* überfallen werden sollten. Kann das sein?“

Der Hotelier nickte. „Gut überlegt, Junge“, antwortete er. „Genauso ist es, und die Bande hat auch bekommen, was sie von mir wollte!“ Poppi sprang aufgeregt von ihrem Sessel auf und rief: „Und der Mann mit dem Funkgerät, den ich gesehen habe, war wirklich da. Er hat das Kommen von Signor Baldi seinen Komplizen gemeldet.“ Die anderen nickten.

„Als ich zu der Stelle kam, an der Sie, Signor Antonello, aufgehalten worden waren, ist ein Mann vor meinen Wagen gesprungen“, berichtete der Hotelbesitzer weiter. „Er hat die Wagentür aufgerissen und mich mit der Pistole bedroht. Ich musste ihm das Gemälde geben, das auf der Rückbank lag. Es handelte sich um einen echten Leonardo da Vinci, den ich in Palermo restaurieren ließ. Ich sammle nämlich Gemälde und das war mein bestes Stück. Um lebendig fortzukommen, habe ich sofort Gas gegeben. Da Sie ohne Licht fuhren, bin ich zwei Kurven später mit Ihnen zusammengestoßen, Signor Antonello. Ich habe Sie wirklich nicht gesehen."

Poppi rutschte unruhig auf dem Sessel hin und her. „Entschuldigung, wo ist die Toilette?", erkundigte sie sich schließlich. Der Hotelier beschrieb ihr den Weg und das Mädchen marschierte los.

Poppi durchquerte einen riesigen Salon, kam in einen langen Gang, blieb stehen und überlegte. Sollte sie nun die dritte oder die vierte Tür auf der rechten Seite nehmen? Was hatte Signor Baldi gesagt? Da sie sich nicht mehr erinnern konnte, ihre Sehnsucht nach der Toilette aber enorm groß war, öffnete sie einfach jede Tür und streckte ihren Kopf in die Zimmer.

Als sie bei Tür Nummer vier noch immer nicht fündig geworden war, wurde sie äußerst ungeduldig. Hektisch wieselte sie weiter und drückte die nächste Klinke. Sie riss die Tür auf und erstarrte. Vor ihr stand ein Mann in einem schwarzen Anzug, der eine weiße Maske vor das Gesicht gebunden hatte, wie sie an diesem Abend alle Leute im Hotel trugen. Er war gerade dabei, in den Schubladen eines riesigen, altmodischen Schreibtisches zu wühlen.

Durch das Klicken der Tür aufgeschreckt, drehte er sich um, und für den Bruchteil einer Sekunde schien er zu überlegen, was er tun sollte. Schließlich riss er den Mund auf, als wolle er schreien, blieb aber dennoch stumm und stürzte sich auf die verdutzte Poppi. Mit voller Wucht sprang er das Mädchen an und schleuderte es zu Boden. Poppi trat und schlug wild um sich und wehrte sich, so gut sie konnte. Aber der Mann hatte Bärenkräfte, mit denen er sie nach unten drückte. Dann tat er etwas äußerst Seltsames: Er schien Poppi zu kitzeln, und diesen Moment nützte das jüngste Mitglied der Knickerbocker-Bande, um einen lauten Schrei auszustoßen.

Sofort ergriff der Unbekannte die Flucht...

Wer ist Baron Pizza?

Von der Terrasse kamen die restlichen Mitglieder der Knickerbocker-Bande, Signor Baldi und Antonello gelaufen. „Poppi, was ist? Was ist geschehen?“, fragte Lieselotte, als sie ihre Freundin auf dem Boden liegend fand. Das geschockte Mädchen richtete sich auf und rief: „Ein Dieb ... da war ein Dieb in diesem Zimmer!“

Der Hotelbesitzer drängte sich an den Junior-Detektiven vorbei und rannte auf den Schreibtisch zu. Hastig kramte er in den offenen Schubladen und blickte sich suchend um.

„Ist etwas gestohlen worden?“, wollte Axel wissen.

„No ... nein ... nein!“, antwortete Signor Baldi. Er war mit einem Schlag äußerst unruhig, griff zum Telefon und wählte eine kurze Nummer. Er schrie ein paar italienische Worte in den Hörer und schleuderte ihn zurück auf den Apparat. Ohne eine Erklärung stürmte er dann davon.

„Er hat Anweisung gegeben, dass niemand das Hotel verlassen darf“, übersetzte Antonello für die Bande.

„Los, wir müssen versuchen, diesen Dieb einzuholen und zu entlarven“, meinte Lilo unternehmungslustig. Aber ihr Cousin hielt sie zurück. „Kommt überhaupt nicht in Frage. Falls es sich um ein Mitglied der Organisation handelt, die die Straßenfalle errichtet hat, dann möchte ich ihm nicht begegnen. Ihr überlasst alles der Polizei. Wir fahren nach Hause.“

Eine Stunde später hockten die beiden Mädchen Lilo und Poppi auf ihren Betten und plauderten über die Ereignisse des Abends. Poppi steckte der Schreck noch in allen Knochen, und um sich zu beruhigen, erzählte sie Lieselotte zum zehnten Mal, wie sich die Sache zugetragen hatte. Das befreite. Lilo wusste das und hörte ihrer Freundin geduldig zu.

„Wieso hat mich der Typ gekitzelt?“, fragte Poppi die Expertin der Bande. „Ich meine ... ich will gar nicht daran denken ... aber ... aber er hätte mich ... auch niederschlagen können!“ Lilo schüttelte den Kopf. „Das hat er nicht getan, weil du ein Mädchen bist. Das Kitzeln kann ich mir aber trotzdem nicht erklären.“

Poppi trug an diesem Abend einen Pulli, der eine Kapuze und eine Art Kängurutasche hatte. Die Öffnung dieser Tasche war durch eine Stoffklappe und einen großen Knopf geschützt. Als das Mädchen den Pullover über den Kopf ziehen wollte, spürte es, dass sich etwas in der Tasche befand.

Poppi stutzte. Sie hatte doch gar nichts hineingegeben. Hastig ließ sie die Hand unter die Lasche und in die Tasche gleiten. Sie berührte ein zusammengefaltetes Stück Papier und einen kalten, runden Metallgegenstand. Mit zitternden Fingern zog sie beides heraus. Ihr Herz begann wild zu pochen und ein kalter Schauer rieselte über ihren Rücken.

„Lilo ... da, schau ... Deshalb das Kitzeln. Der Typ hat mir was in die Tasche gestopft!“, krächzte sie. Lieselotte kam zu ihr und betrachtete die goldene Scheibe auf Poppis Hand. Eine Seite war glatt und hatte einen seltsam geformten Stift in der Mitte. Die andere war rau und wies seltsame Muster auf.

Schnell faltete das Superhirn den Zettel auseinander und strich ihn glatt. Es handelte sich um einen Brief an Signor Baldi. Er war in Italienisch abgefasst, und das einzige Wort, das Lilo erkannte, war ein Teil der Unterschrift. „Pizza“ lautete es.

„Hol sofort Axel und Dominik“, trug sie Poppi auf. „Und Dominik soll seinen Sprachcomputer mitbringen.“

Eine Minute später war die Knickerbocker-Bande komplett und starrte auf den Brief. Dominik hatte vor der Abreise von seinem gesparten Geld auf dem Flughafen einen Computer gekauft, der nicht größer als ein Taschenrechner war. In diesen Computer konnten Magnetkarten eingeschoben werden, auf denen 40 000 Wörter einer Sprache gespeichert waren. Man musste nur das italienische Wort eintippen und schon erschien die deutsche Übersetzung auf der Anzeige.

Während Lilo und Axel sich der goldenen Scheibe widmeten und sie von allen Seiten prüften, versuchten Dominik und Poppi den Brief zu übersetzen. Leider waren auch einige Wörter darin, die nicht einmal der Übersetzungscomputer gespeichert hatte und die deshalb unverständlich blieben.

Schließlich hatten sie eine rohe Übersetzung geschafft, die sie völlig verblüffte. Dominik trug sie den anderen vor: „An Signor Baldi ist folgender Brief ergangen", begann er seinen Vortrag. „Für die Richtigkeit der Übertragung in die deutsche Sprache kann ich keine Verantwortung übernehmen."

Axel wurde ungeduldig. „Quatsch kein Blech, Professor, sondern komm zur Sache."

Dominik warf ihm einen strafenden Blick zu und fuhr fort: „Sehr geehrter Herr Baldi! Am 25. April ist Baron Pizza … hm … das haben wir nicht ganz verstanden … weiter geht es mit: Gras gekommen." Lilo knetete ihre Nasenspitze, da sie sich einbildete, auf diese Weise ihre Grübelzellen anregen zu können. „Wahrscheinlich bedeutet das: Baron Pizza ist unter das Gras gekommen – also gestorben."

Die anderen stimmten ihr zu und Dominik las weiter: „Sie sind Erbe … großer Sammlung des Baron Pizza … Alle Stücke … in Gruft … Schutz vor unbefugten Feinden. Vier Leute werden Erbe bekommen und verwalten. Jeder erhält Schlüssel-Pizza …"

Lilos Gesicht erhellte sich. „Na klar, die goldene Scheibe soll eine Pizza darstellen und der Zapfen auf der Rückseite ist eine Art Schlüssel. Logo! Weiter, Dominik!"

„Treffen … Friedhof … in Gruft … Zu meinem Bedauern ist der nächste Satz nicht zu verstehen. Er muss aber das

Datum beinhalten. Das Datum, an dem das Treffen stattfinden soll. Hier steht auch noch was von Taube … und Markusplatz … Danach sind nur noch Höflichkeitsfloskeln, die bedeuten: Viel Glück und irgendetwas mit Verantwortung … Die Unterschrift heißt: Im Namen des Baron Pizza. Notar … der Name ist verwischt und nicht lesbar. Er steht seltsamerweise auch nicht auf dem Briefkopf."

Lilo schob sich ein Kissen in den Rücken und schnaubte. „Heiße Sache", stellte sie fest. „Eine mehr als heiße Sache. Dieser Baron Pizza ist verstorben und hat irgendetwas Wichtiges und ziemlich sicher auch Wertvolles hinterlassen. Was immer es auch ist, es liegt in seiner Gruft. Diese Gruft ist aber nur zu öffnen, wenn alle vier Schlüssel, die die Form einer Pizza haben, angesetzt werden. Dazu müssen die vier Erben zu der Gruft kommen."

„Aber wo ist die Gruft des Baron Pizza? Und wer sind die Erben? Und was haben sie geerbt?", stellte Axel als Fragen in den Raum. Lilo konnte eine auf Anhieb beantworten: „Einer der Erben heißt Signor Baldi. Und die Straßenräuber vor zwei Tagen waren wild auf den Pizza-Schlüssel."

„Was auch immer Baron Pizza hinterlassen hat, es muss all diese Aufregungen und Mühen wert sein. Aber entweder hat jemand von dieser Erbschaft Wind bekommen und versucht jetzt, die Schlüssel an sich zu bringen …", überlegte Dominik laut. Die anderen machten äußerst betretene und erschrockene Gesichter. „Eines steht fest", sprach Axel das aus, was sich auch der Rest der Bande dachte, „wir haben es mit ausgekochten Ganoven zu tun! Der Dieb hat das Ding Poppi nur deshalb in den Pullover gesteckt, damit sie es für ihn aus dem Hotel schmuggelt. Wäre er festgenommen worden, hätte er nichts bei sich gehabt. Aber sicher weiß er, wo wir zu finden sind, und wird sich den Pizza-Schlüssel holen!"

Höllenglut

Was jetzt? Sollten die Knickerbocker Mama Sophia und Antonello alles berichten? Nach einer langen Beratung beschlossen Axel, Lilo, Poppi und Dominik, die Sache für sich zu behalten. Allerdings wollten sie wenigstens ein paar Stunden ohne Angst und ruhig schlafen. Aber wie konnten sie das anstellen? Sie mussten jede Minute mit dem Gauner mit der Maske rechnen.

Poppi war es, die schließlich die rettende Idee hatte. In der Nacht wurde der Bauernhof nämlich gut bewacht. Vier große, ziemlich grimmige Hunde lebten im Garten und ließen keinen an das Haus heran. Poppi, die sich mit Tieren wirklich großartig auskannte, besorgte sich aus der Küche ein paar Fleischbrocken und lockte die Hunde damit in die Schlafzimmer der Junior-Detektive. Mama Sophia hielt die Hunde ziemlich kurz und deshalb waren sie für die zusätzlichen Leckerbissen sehr dankbar. Poppi hatte sie bereits nach wenigen Minuten in der Hand und konnte sie dazu bewegen, bei der Knickerbocker-Bande zu schlafen.

„Puh, die Hunde verströmen üble Gerüche", stellte Dominik fest und fächelte sich Luft zu.

„Was ist dir lieber: überfallen zu werden oder ein bisschen Hundegestank einzuatmen?", fragte ihn Axel. Dominik entschied sich für Zweiteres und presste seine Nase in das Kissen.

Auf diese Art konnten die Knickerbocker-Freunde wenigstens halbwegs schlafen. Aber in dieser Nacht hatte die geheimnisvolle Bande offenbar ohnehin nicht vorgehabt, den Pizza-Schlüssel zurückzuholen. Denn auch die Hunde schlummerten tief und fest und schnarchten sogar. Hätte es irgendjemand gewagt, nur die kleine Zehe auf das Grundstück von Mama Sophia zu setzen, wären sie bestimmt aufgewacht und hätten das mit lautem Gebell gemeldet.

Es war kurz nach sieben Uhr am Morgen, als das Telefon schrillte. Im Halbschlaf hörten die Junior-Detektive Mama Sophia aufgeregt plappern. Gleich darauf stand sie bei den Mädchen im Zimmer. Sie musste äußerst erregt sein, denn sie vergaß sogar zu schimpfen, als sie die Hunde vor den Betten erblickte.

„Meine Freundin war das ... Sie lebt im Dorf San Glossa, das sich am Fuße des Ätna befindet. Die Lava strömt genau auf die Häuser zu. Das Dorf wird geräumt. Ich fahre hin und hole meine Freundin."

„Wir kommen mit!", verkündete Lieselotte. Erstens waren sie in Mama Sophias Nähe in Sicherheit und zweitens war das eine einmalige Gelegenheit, glühende Lava aus der Nähe zu sehen.

Bereits zehn Minuten später stand die Knickerbocker-Bande fix und fertig bei dem alten, verbeulten Kombi, in dem Mama Sophia zu fahren pflegte. An jeder einzelnen Delle war sie selbst schuld, denn Mama Sophia hielt nicht viel von Vorfahrtsregeln, und falls ein Parkplatz nicht groß genug war, schob sie die anderen Autos kurzerhand zur Seite. Axel, Lilo, Poppi und Dominik hatten bereits nach ihrer Ankunft mit ihrem wilden Fahrstil Bekanntschaft gemacht, als sie von Mama Sophia vom Flughafen in Catania abgeholt worden waren.

Außer dem Fahrer- und dem Beifahrersitz gab es in Mama Sophias Kombi keine Sitzgelegenheiten. Deshalb machten es sich die Knickerbocker auf der Ladefläche bequem. Sie achteten vor allem darauf, dass sie sich mit den Füßen gut abstützen konnten, um auch bei wilden Kurvenaktionen von Lilos Tante nicht durch den Wagen geschleudert zu werden.

Die vier hatten Glück. Bis auf einige kleine blaue Flecke kamen sie heil in San Glossa an. Das Schauspiel, das sich

ihnen dort bot, war unbeschreiblich. Auf der einen Seite war es entsetzlich traurig anzusehen, wie die Lavamassen die Weingärten, die Wiesen und die Wohnhäuser der Menschen zerstörten. Auf der anderen Seite war das fließende, glühende Gestein das beeindruckendste Naturschauspiel, das die Knickerbocker-Freunde je gesehen hatten.

Drei glühend rote Zungen rannen den Berg hinab. Berührten sie Bäume, gingen diese augenblicklich in lodernde Flammen auf. Junge, dünne Bäumchen bogen sich in der Hitze und machten den Eindruck, als wollten sie der Naturgewalt ausweichen. Doch sie hatten keine Chance. Die Lava verbrannte auch sie.

Eine Welle heißer, flimmernder Luft wurde von einer Windböe über die Köpfe der vier Freunde geweht. Rund um sie standen Menschen, die ihre Habseligkeiten notdürftig in Koffer, Schachteln und Kisten gestopft hatten, um zu retten, was noch zu retten war.

Der Lavastrom kroch langsam, aber unaufhaltsam auf das Dorf zu. Der obere Teil glühte rot, die Spitze der Zunge war bereits kühler und dunkler.

„Trotzdem gibt es keine Hoffnung, dass die Lava vor den Häusern Halt macht", sagte Mama Sophia traurig. „Es fließt immer neue Lava aus der entstandenen Öffnung, und erst wenn der Nachschub ausbleibt, stoppt der Fluss der vernichtenden Massen."

Die Knickerbocker-Bande war über das Spektakel entsetzt und gleichzeitig völlig fasziniert. Eine Weile lang konnten sie den Blick nicht von der grell leuchtenden Lava abwenden. Eine leichte Brise wehte ihnen die glühende Hitze ins Gesicht.

„He, wir können doch nicht nur dastehen und glotzen. Wir sollten uns nützlich machen", meinte Axel dann aber. Die beiden Jungen und die Mädchen machten sich sofort an die Arbeit und boten den Bauern ihre Hilfe an. Bald schleppten sie Kisten aus den Häusern, hüteten kleine Kinder oder zerrten das Vieh aus den Ställen.

„Hallo ... ihr ... ihr ... seid ihr nicht die ... die Kinder von Mama Sophia?“

Dominik, der gerade einen Fernsehapparat schleppte, blickte erstaunt auf. Er hatte nicht damit gerechnet, dass hier jemand Deutsch sprach. Vor ihm stand ein junges Mädchen, das ein dunkles Wolltuch um den Kopf und die Schultern geschlungen hatte. Sein zerfurchtes Gesicht war mit Dreck beschmiert und verschwitzt und seine Kleidung bestand nur noch aus Fetzen. „Mama Sophia braucht euch. Schnell. Sie hat mich gebeten, euch zu holen“, erklärte das Mädchen und wischte sich über das erschöpfte Gesicht. Als Dominik keine Anstalten machte mitzukommen, fuhr sie ihn an: „Tempo! Avanti! Es zählt jetzt jede Sekunde.“ Der Junge verstand, dass die Aufforderung ernst gemeint war, steckte die Finger in den Mund und stieß drei lange und zwei kurze Pfiffe aus. Das war das Zeichen für die anderen, sich bei ihm zu versammeln. Die Knickerbocker-Bande beherrschte nämlich auch eine eigene Pfeifsprache.

In wenigen Worten teilte Dominik seinen Freunden mit, dass Sophia sie benötigte, und sie folgten dem Mädchen. Es führte sie zu einem Betonhäuschen ohne Fenster. Das Mädchen stieß die Tür auf und gab den vier Knickerbockern den Vortritt. Blindlings und ohne sich zu fragen, was sie hier sollten, tappten sie hinein.

Donnernd fiel hinter ihnen die schwere Holztür ins Schloss. Das Mädchen lehnte sich von innen dagegen und schrie: „Her damit ... ihr habt die Pizza! Rückt sie raus! Und die Briefe!“

Die vier Junior-Detektive erstarrten. Eine Falle! Das war eine Falle. Um Zeit zu gewinnen, stellten sie sich vorerst blöd. „Wovon redest du?“, fragte Lilo und klimperte unwissend mit den Wimpern. In ihrem Kopf rasten die Gedanken.

Das Mädchen ist zweifellos von der Bande auf uns angesetzt worden. Möglicherweise handelt es sich tatsächlich um die Mafia. Die schrecken vor nichts, vor absolut nichts zurück. Aber wir dürfen ihr die Pizza nicht geben.

„HER DAMIT!“, widerholte die junge Frau ihre Forderung mit Nachdruck und streckte gierig die Hand aus. Axel versuchte ein möglichst unschuldiges Gesicht zu machen. Er trug nämlich den Pizza-Schlüssel bei sich. Er hatte einen kleinen wasserdichten Beutel um den Hals hängen, in dem sich nicht nur die Metallpizza, sondern auch der Brief befand.

Auf der Straße schrien Menschen wild durcheinander. Anscheinend wurde eine Nachricht auf diese Weise weitergegeben.

Das Mädchen horchte auf und tobte: „Gebt mir das Ding oder ihr verlasst dieses Haus nicht lebendig!“

Lebendig begraben

Poppi erblasste. Hilfe suchend blickte sie zu Axel, doch der Junge unternahm nichts.

Plötzlich bebte das ganze Gebäude, als hätte jemand mit einem Riesenhammer darauf geschlagen. Das Mädchen tastete hinter sich nach dem Türknauf. Es wollte ihn schon drehen, als es sich die Sache anders überlegte. Mit einem Aufschrei stürzte es sich auf die Knickerbocker-Kumpels und packte Dominik am Hemd. Es schüttelte ihn wie einen leeren Mehlsack und tastete dabei hastig über seine Hosentaschen. Als es nicht fand, wonach es suchte, versetzte es dem Jungen einen kräftigen Stoß. Dominik taumelte und stürzte nach hinten. Mit einem lauten Platsch landete er in kühlem Wasser. Nun warfen sich Lilo und Axel gleichzeitig auf die Frau und versuchten sie daran zu hindern, Poppi zu verletzen. Die geheimnisvolle Ganovin besaß aber Kräfte, die man nie bei ihr vermutet hätte. Wie Fliegen schüttelte sie die größeren Knickerbocker ab und durchsuchte Poppi. Als sie nicht fündig wurde, landete das jüngste Knickerbocker-Banden-Mitglied bei Dominik. Nun war Lieselotte an der Reihe. Sie wehrte sich wie eine Löwin, aber auch Lilo konnte nichts ausrichten. Ein Fußtritt beförderte sie nach der Durchsuchung ins Wasser. Als die Frau nach Axel greifen wollte, wurde das Haus abermals erschüttert. Dicke Risse entstanden in den Mauern und der Beton böselte.

Nun bekam es die Angreiferin mit der Angst zu tun. Sie stieß Axel in das Becken, stürzte ins Freie und warf die Tür zu. „Raus! Schnell raus! Der Vulkan bricht wieder aus und lässt die Erde beben!“, brüllte Lieselotte. Der Beckenrand war allerdings hoch, und erst beim vierten Versuch gelang es dem Mädchen, sich nach oben zu ziehen. Es legte sich danach flach auf den Beckenrand, streckte den Arm nach unten und half seinen Freunden aus dem Wasser.

Mit zitternden Knien stolperte Lilo zur Tür und wollte sie aufreißen. Aber die Tür klemmte. Entweder hatte sich der Türrahmen verzogen oder die Frau hatte abgesperrt. Verzweifelt trommelten die Knickerbocker-Freunde mit den Fäusten gegen das Holz. Axel nahm einen Anlauf und warf sich mit voller Wucht dagegen, aber die Tür gab nicht nach. Nun versuchten die Knickerbocker-Freunde es zu viert, jedoch abermals ohne Erfolg. „HILFE!!! HILFE!!!“, schrien sie so laut sie konnten. Auf der Straße schien sie aber niemand zu hören. Die Menschen waren viel zu sehr mit ihrer Flucht beschäftigt.

„Die Lava ... das Erdbeben ... das Haus wird einstürzten und uns begraben“, heulte Dominik. „Wir werden in der Höllenglut verbrennen und von den Trümmern lebendig begraben werden. Ich will nicht lebendig begraben werden!“

Abermals donnerte es und die Mauern erbebten in den Grundfesten. Betonstücke stürzten von der Decke herab und krachten auf den Boden oder versanken im Wasser.

Lilo blickte sich um. Im Inneren des Häuschens war Licht. Woher kam es? In der rechten Wand befanden sich drei kleine, vergitterte Luken. Ein Entkommen war unmöglich. Aber was war das überhaupt für ein Haus? Ein Schwimmbad? Dafür erschien es dem Superhirn viel zu klein.

„Jetzt tut doch was!“, tobte Dominik. Axel rastete aus und stieß seinen Kumpel ins Wasser. Bereits in der folgenden Sekunde bereute er seinen Wutausbruch. Blubbernd versank der Junge. „Dominik ertrinkt!“, schrie Poppi und sprang ihm nach, um zu helfen. Sofort erfasste auch Axel und Lieselotte die Panik und sie folgten dem Mädchen. Prustend und spukkend strampelten die vier nun im Wasser.

„Halt, aufhören! Ruhe!“, schrie Lieselotte. Sie hatte es satt, immer als Einzige die Nerven zu bewahren. „Halt! So kommen wir hier nie raus!“ Abermals heulte Dominik wie ein gequältes Tier und ruderte verzweifelt mit den Armen durch die Luft. Axel wollte ihm eine Ohrfeige versetzen, damit er zur Vernunft kam. Aber er klatschte mit der Hand ins Wasser. Sein Kumpel war versunken. Hastig fischte Axel nach Dominik, bekam ihn am Hemd zu fassen und zerrte ihn wieder in die Höhe. „Mein Fuß ... ich hänge fest ... in der Wand!“, stammelte der Junge. Axel tastete die Wand des Wasserbeckens ab und entdeckte eine Öffnung. Sie war groß. Sehr groß sogar. Er zeigte sie Lilo und das Superhirn nickte.

Als erneut Betonstücke auf die Knickerbocker niederprasselten und sie sich nur durch blitzschnelles Untertauchen vor schlimmen Verletzungen schützen konnten, hatte Lieselotte eine Idee. „Das muss hier eine Art Zisterne sein. Ein Wasservorratsbehälter“, überlegte sie laut. „Und die Öffnung, die Dominik entdeckt hat, ist ein Kanal. Er führt entweder zu einem weiteren Wasserbecken oder vielleicht sogar direkt in ein Haus oder ...“

„Ja und?“, fuhr Axel sie ungeduldig an. „Was heißt das?“

„Es ist der einzige Ausweg aus dieser Hütte“, erklärte Lilo. „Wir müssen tauchen und hoffen, dass der Gang bald wieder zu Ende ist!“

Poppi schüttelte den Kopf. „Das mache ich nicht. Nein!“, rief sie. Auch Dominik verließ der Mut. Axel war klar, dass nun keine Zeit für Diskussionen war. Deshalb holte er tief Luft und tauchte ab. Er steckte den Kopf in das Wasserrohr und öffnete die Augen. Völlig verschwommen, aber trotzdem eindeutig erkennbar sah er in einiger Entfernung einen Lichtschein. Hastig schoss er in die Höhe und stammelte: „Wir kommen durch den Gang hinaus.“ Aber Poppi und Dominik zögerten noch immer. Der Gedanke, mehrere Sekunden unter Wasser zu bleiben, war für sie unerträglich. Die Angst, nicht auftauchen und atmen zu können, schnürte ihnen die Kehle zu und nahm ihnen Mut und Kraft.

Ein neuerliches Krachen und das Splittern und Bersten der Hinterwand der Zisterne überzeugte dann aber auch die jüngeren Knickerbocker schnell. Noch einmal tief durchgeatmet – und hinunter ins Wasser. Mit kräftigen Zügen schwammen die vier Freunde durch das betonierte Rohr auf das Licht zu. Bereits auf halbem Weg hatte Poppi das Gefühl zu ersticken. Auch Dominik bekam Platzangst und begann am ganzen Körper zu zittern. Luft! Sie brauchten Luft! Wann konnten sie endlich wieder auftauchen?

Das Rohr schien mit jeder Schwimmbewegung länger zu werden. Es war wie ein Fernrohr, das langsam ausgezogen wurde. Prustend und spuckend schoss Lieselotte als Erste in die Höhe, dem Licht entgegen, und streckte ihren Kopf über die Wasseroberfläche. Sie schüttelte sich die Tropfen aus dem Gesicht und dem Haar und atmete gierig durch.

Gleich darauf kam Axel neben ihr zum Vorschein, der aber eine Sekunde später bereits wieder unterging. Der Grund dafür war Poppi, die in ihrer Verzweiflung und Panik sein Bein gepackt und etwas zu heftig daran gezogen hatte.

Die Knickerbocker hatten ein neues Becken erreicht, das ungefähr die Größe des ersten besaß. Sie erkannten eine niedrige, gemauerte Einfassung und dahinter den Innenhof eines Hauses.

„Dominik!“, schrie Poppi auf. „DOMINIK!“, kreischte sie völlig außer sich und versuchte nach unten zum Grund des Beckens zu blicken.

Axel und Lilo stockte der Atem. Das vierte Mitglied der Knickerbocker-Bande war noch nicht aufgetaucht. Weder sein Kopf noch sein Bein ragten aus der Röhre. Der Junge musste feststecken!

Zettel Nummer zwei

Bruchteile von Sekunden waren Lieselotte, Axel und Poppi wie gelähmt. Aber dann rissen sie sich zusammen. „Raus aus dem Wasser! Holt Hilfe! Schaut, wie wir aus diesem Haus kommen!“, kommandierte Axel. Der Junge wartete nicht ab, was seine Kumpels zu diesem Befehl sagten, sondern ließ sich in die Tiefe des Wasserbeckens sinken und starrte in die Röhre hinein. Schwarz! Er konnte absolut nichts erkennen. Nun kam es auf jede Sekunde an. Der Junge versuchte die Hand in seine Hosentasche zu schieben, um die Taschenlampe herauszuzerren. Soweit er sich erinnern konnte, war sie wasserdicht.

Der klatschnasse Stoff klebte und machte diese sonst einfache Aufgabe zur Schwerarbeit. Endlich konnte Axel die Lampe erwischen, sie in den Tunnel richten und anknipsen. Eine winzige Erleichterung machte sich in ihm breit, als sie aufleuchtete. Als er den Lichtstrahl in das Rohr lenkte, war der Hoffnungsschimmer allerdings sofort wieder erloschen. Er konnte nämlich auch weiterhin nichts sehen.

Axel sauste an die Wasseroberfläche, atmete mehrere Male tief durch und ließ sich wieder nach unten sinken. Kurz entschlossen schwamm er in den gemauerten Tunnel hinein und hoffte auf Dominik zu stoßen. Sein Knickerbocker-Freund schien festzuhängen. Einen anderen Grund konnte er sich für dessen Verschwinden nicht denken. Bitte, bitte, bitte, lass ihn leben!, flehte der Junge innerlich. Wie viele Sekunden, vielleicht sogar bereits Minuten, waren vergangen, seit Dominik keine Luft mehr bekommen hatte? War der Junge am Ende bereits ... er ... er ... Axel schaffte es nicht, diesen Gedanken zu Ende zu denken.

Plötzlich spürte er ein heftiges Würgen in seinem Hals. Er hatte das Gefühl, im nächsten Augenblick ersticken zu müssen. Das Rohr schien sich immer mehr und mehr zu verengen und bald würde er darin feststecken.

Umdrehen war darin unmöglich. Aber an ein Weiterschwimmen war überhaupt nicht zu denken. Axel stieß sich mit seinen Händen an den Tunnelwänden ab und schob sich rückwärts aus der Verbindung zwischen Zisterne und Wasserbecken im Innenhof.

Er raste an die Wasseroberfläche und sog gierig die Luft in seine Lungen. Als wären zehn hungrige Haie hinter ihm her, schwang er sich über die Steineinfassung des Beckens und taumelte auf die nächste Tür zu. Er durchquerte eine düstere, lange Halle und gelangte durch eine weitere Tür auf die Straße. Blindlings stürzte er in die Richtung, wo er Sophias Wagen vermutete. Vor seinen Augen tanzten glühende Blitze, Schatten, schreiende Menschen, einstürzende Häuser, Kinder, Hunde, Hühner und Kühe. Sie vermischten sich zu einem bedrohlichen Bild, aus dem das schreckensverzerrte und aufgedunsene Gesicht von Dominik auftauchte. Letzte Luftblasen stiegen aus seinem Mund und seiner Nase, bevor er sich in der Finsternis in nichts auflöste.

Axel konnte selbst nicht fassen, was er getan hatte. Er hatte seinen Kumpel im Stich gelassen. Er hatte ihn ertrinken lassen und war davongelaufen wie der jämmerlichste Feigling!

Jemand packte ihn am nassen T-Shirt und riss ihn herum. Es war Sophia, die ihn schüttelte und fragte: „Wo sind die anderen? Wo?“ Axel konnte nur mit einem Achselzucken antworten.

„Axel, da bist du ja! Axel!“, krächzte Lieselottes Stimme im Menschengewühl. Der Junge spürte eine kleine Hand an seinem nackten Arm und drehte den Kopf. Poppi! Poppi war auch aufgetaucht. Aber Dominik???

An dieser Stelle riss der Film für Axel. Schwarz! Aus! Kein Ton! Kein Bild! Ende! Das brennende Dorf, die glühende Lava, die flüchtenden Menschen, alles war mit einem Schlag verschwunden.

Ich träume!, war der erste Gedanke des Jungen, als er wieder zu sich kam. Ich muss träumen. Oder ich bin tot und Dominik begegnet. Eigentlich würde es mir gebühren, weil ich ihn im Stich gelassen habe. Die Ereignisse in San Głossa waren augenblicklich wieder da, als Axel die Augen aufschlug. Wie eine tonnenschwere Last drückten sie ihn nieder.

„Do ... Dominik!“ Axel brachte den Namen kaum über die Lippen.

„Schwache Nerven, junger Mann!“, hörte er die Stimme seines Knickerbocker-Kumpels lässig sagen.

Axel richtete sich kerzengerade auf und schlug mit dem Kopf gegen das niedrige Autodach. Während er sich noch jammernd die zukünftige Beule rieb, blickte er sich völlig verdattert um. „Dominik!“, jubelte er. Das war kein Traum. Dominik kauerte neben ihm. Die Knickerbocker-Bande war komplett in Mama Sophias Wagen versammelt. „Aber wie ... wo ... wo kommst du her?“, stotterte Axel vor Aufregung und Freude.

„Ich habe gespürt, dass ich nicht durch den Tunnel komme“, berichtete der Knickerbocker. „Die Atemnot war bei mir bereits nach wenigen Metern unerträglich geworden. Aus diesem Grund entschloss ich mich zur Umkehr. Ich bin aus dem Becken heraus und ins Freie geflüchtet. Mittlerweile war die Tür nämlich unter dem Druck des einstürzenden Gemäuers niedergebrochen. Kaum war ich draußen, ist die Zisterne zusammengefallen.“ Am Zittern von Dominiks Lippen erkannte Axel, dass ihn die Sache keineswegs so kalt gelassen hatte, wie er tat.

„Bambini … Ragazzi“, stöhnte Mama Sophia. „Was tut ihr einer armen, alten Frau an? Wie seid ihr überhaupt in die Zisterne gekommen?“

Poppi ließ sich nicht aufhalten und plapperte los. Sie berichtete von der Frau, die sie dorthin gelockt hatte. Als Mama Sophia den Grund erfahren wollte, zwickte Lieselotte ihre Freundin so fest ins Bein, dass die aufjaulte und danach schwieg. „Wir haben keine Ahnung. Die Tat einer Verrückten!“, sagte das Superhirn und warf Poppi einen Blick zu, der sie bis zum Ende der Fahrt zum Verstummen brachte.

„Ich setze euch zu Hause ab und hole dann endgültig meine Freundin“, erklärte Mama Sophia. „Es war wichtiger, zuerst euch in Sicherheit zu bringen. Bitte bleibt jetzt völlig ruhig und richtet nicht noch mehr Unheil an.“

Die Knickerbocker-Bande versprach absolute Ruhe, denn die hatte sie auch dringend nötig. Obwohl es erst kurz vor Mittag war, wollten alle vier Freunde mindestens eine Stunde schlafen. Sie waren geschafft.

Als die Mädchen in ihr Zimmer torkelten, schälten sie sich die patschnassen Sachen vom Körper und streiften hastig über, was kreuz und quer herumlag. Lilo und Poppi hatten nämlich die Angewohnheit, ihre Klamotten einfach fallen zu lassen, wenn sie sich umzogen.

Poppi schlüpfte in den Pulli mit der Kängurutasche, den sie am Abend zuvor getragen hatte, und strich ihn an ihrem Körper glatt. Dabei blieb ihre Hand an der Tasche hängen und sie schnaufte erstaunt. Poppi öffnete die Tasche und kramte darin herum. Mit bebenden Fingern zog sie ein zusammengefaltetes Stück Papier heraus. Es war das gleiche, etwas vergilbte Pergament, auf dem der Brief an Signor Baldi geschrieben worden war. Als Lieselotte den Zettel sah, stieß sie einen Pfiff durch die Zähne aus und nahm ihn Poppi ab. Sie faltete ihn auf und ließ ihre Augen darüber gleiten.

„Namen … das sind vier Namen mit vier Adressen", stellte sie fest. „Außerdem steht da noch eine Botschaft. Diese Seite gehört eindeutig zu dem Brief, den wir gestern übersetzt haben."

Schnell wurden die Jungen geholt und Dominiks Übersetzungscomputer trat abermals in Aktion. Die rohe Übersetzung, die er kurze Zeit später lieferte, lautete:

„Schlüssel haben bekommen: Alfredo Baldi in Taormina, Renato Salmone in Neapel, Lucia Bellina in Rom und Anna Walla in Palermo."

Lilo knetete und zwirbelte ihre Nasenspitze, um dadurch die Grübelzellen anzuregen. Was war jetzt zu tun? Natürlich hatte das Spür- und Suchfieber die Bande längst erfasst. Sie wollten unbedingt mehr über Baron Pizza und dessen rätselhafte Gruft herausfinden. Die spannendste Frage war: Wer versuchte alle Schlüssel an sich zu bringen?

„Es gibt einen Weg", meinte das Superhirn nach einer Weile. „Den schlagen wir aber nur ein, wenn alle dabei sind." Die anderen blickten sie abwartend an. „Wir beobachten und besuchen die Herrschaften, die einen Pizza-Schlüssel erhalten haben. Nummer eins, Signor Baldi, kann bereits abgehakt werden."

„Aber wir müssen ihm den Pizza-Schlüssel zurückgeben", meinte Dominik mit ernstem Gesicht. Lilo nickte. Da hatte ihr Kumpel Recht.

Meistens kam der Zufall der Knickerbocker-Bande zu Hilfe und nahm ihr Entscheidungen ab. Am Abend desselben Tages kam Antonello nämlich mit einem funkelnagelneuen Wagen vor Mama Sophias Haus an. Er hatte ein gemütliches

Wohnmobil erstanden, in dem sechs Personen bequem Platz hatten. „Das Rasen mit dem Flitzer ist nicht mehr das Wahre“, sagte er und seine Mutter atmete erleichtert auf. „Ich will ein bisschen durch die Gegend touren.“

„Dann nimm deine Kusine und ihre Freunde mit und ab die Post!“, entschied Mama Sophia. „Seit ihr von den Straßenräubern überfallen worden seid, habe ich den Eindruck, dass etwas nicht stimmt. Es ist besser, wenn ihr ein wenig verschwindet. Zeig den vier Bambini unser schönes Land.“

Die Knickerbocker schmunzelten und nickten. Selbst die ängstliche Poppi und der eher vorsichtige Dominik hielten das für einen guten Entschluss. Sie konnten auf diese Art den Fall „Baron Pizza“ weiter verfolgen und waren außerdem in relativer Sicherheit. Antonello war locker und lustig und würde ihnen nicht den ganzen Tag auf der Pelle hocken. Sie hatten genügend Möglichkeiten nachzuforschen, und wenn’s brenzlig wurde, na ja, dann musste Lilos Cousin einspringen. Noch ahnte er nichts von seiner Aufgabe.

„Warum brechen wir nicht gleich auf?“, schlug Lilo vor. Als Poppi den Mund öffnete, um zu protestieren, gab ihr Lilo ein Zeichen zu schweigen. Sie hatte sich bei diesem Vorschlag etwas gedacht. Die Verfolger, die hinter dem Pizza-Schlüssel her waren, würden bestimmt abermals auftauchen. Ganz egal, ob er dann noch im Besitz der Bande war oder nicht. Sie machten sich an die Reisevorbereitungen. Die knisternde Spannung und Ungewissheit, die in der Luft lagen, wirkte auf jeden anders. Poppi und Dominik waren froh fortzukommen. Lilo war aufgeregt, weil sie einen neuen Fall witterte, und Axel konnte sich nicht entscheiden, ob bei ihm die Angst oder die Erleichterung überwog.

Nach einem tränenreichen und überschwänglichen Abschied von Mama Sophia ging die Fahrt um sechs Uhr am Abend los. Ziel war Palermo.

„Hast du Signor Baldi die goldene Pizza zurückgeschickt?“, fragte Axel seine Freundin im Wagen. Lilo schüttelte den Kopf. „Ich habe mit ihm telefoniert und alles berichtet. Er nimmt die Sache nicht im Geringsten ernst und hat gelacht. Baldi hält das Ganze für einen Scherz und hat uns den Pizza-Schlüssel geschenkt!“

„Andere scheinen anders zu denken“, meinte Axel und holte den gelben, wasserdichten Beutel unter seinem Hemd hervor. Hier drinnen hatte er noch immer die Metallpizza und die beiden Zettel aufbewahrt. Aber eines stand für ihn fest: Da konnten sie nicht bleiben. Er kletterte von seinem Sitz und stieg in den Schlafbereich des Wohnmobils. Im Gerüttle und Geschüttle der wilden Fahrt von Antonello war das keine einfache Angelegenheit, und Axel machte Bekanntschaft mit mehreren harten Ecken. Suchend blickte er sich nach einem guten Versteck um und bald hatte er es auch gefunden. Zufrieden versenkte er Pizza-Schlüssel und Brief und kehrte zu seinen Freunden zurück.

„Etwas Grusel gefällig?“, fragte Antonello mit spitzbübischem Grinsen. Eigentlich hatten die Knickerbocker von Aufregungen an diesem Tag bereits genug gehabt. „Solltet ihr euch nicht entgehen lassen“, meinte Lilos Cousin. „Als ich so alt war wie ihr, habe ich es gewagt. Damals habe ich mit einem Freund gewettet, dass ich um Mitternacht durchgehe. Wenn ihr es auch tut, spendiere ich die ganze Reise lang jedem von euch jeden Tag ein Eis. Na, wie sieht es aus?“

„Darf man erfahren, worum es sich handelt? Steht eine große Strapaze meiner Nerven bevor? Die könnte ich heute kaum noch ertragen“, verkündete Dominik in seiner komplizierten Sprechweise.

„Man darf nicht erfahren, worum es sich handelt, aber deine zarten Nerven werden schon nicht zerreißen!“, äffte Antonello den Jungen nach.

Lilo zögerte und warf ihrem Cousin einen der Blicke zu, die Axel nicht ausstehen konnte. Diese Blicke bedeuteten: Mensch, bist du ein toller Typ! Axel kochte innerlich. Ein paar schwarze Locken, ein weißes Hemd und eine Krawatte machten noch keinen tollen Typen aus. Was sich Antonello getraut hatte, das traute sich Axel schon lange. Er würde Lieselotte zeigen, was alles in ihm steckte.

„Was immer es auch ist, ich mache es!“, verkündete er.

„Ich auch!“, schloss sich Poppi ihm an. Das war die Gelegenheit, einmal ihren Mut zu beweisen. Dominik und Lilo grinsten. Sie ließen den beiden anderen gern den Vortritt und blieben diesmal im gemütlichen Wohnmobil.

Nach etwas mehr als zwei Stunden Fahrt hatten sie Palermo erreicht. Es war bereits dunkel, als sie durch die nächtlichen Straßen der Stadt kurvten.

Antonello hielt vor einem unscheinbaren Gebäude und sprang aus dem Wagen. Poppi und Axel folgten ihm, ließen sich dabei allerdings Zeit. „Bleibt hier stehen, ich bin gleich zurück“, wisperte ihnen Lilos Cousin zu. Mit großen Schritten eilte er auf das Haus zu und verschwand in der Dunkelheit.

„Wo sind wir hier?“, flüsterte Poppi. Axel schwieg. Erstens wusste er es nicht und zweitens war er angespannt und hatte keine Lust zu sprechen.

Antonello tauchte wieder auf und gab ihnen ein Zeichen mitzukommen. Langsam folgten die beiden Knickerbocker dem jungen Italiener. Er öffnete ein Gittertor, hinter dem sich ein Treppenabgang befand. Antonello musste noch zwei weitere Türen aufschließen, die zu immer weiteren Treppenhäusern und noch tiefer hinabführten. Lilos Cousin achtete darauf, dass Axel und Poppi keine Zeit für einen Rundblick blieb.

Schließlich sperrte Antonello abermals eine eisenbeschlagene, schwarze Tür auf und versetzte den beiden Junior-

Detektiven einen Schubs. „Wenn ihr mir den Namen des schlafenden Kindes sagen könnt, habt ihr gewonnen“, meinte er grinsend und zog die Tür zu.

Poppi fasste augenblicklich Axels Hand. Bereits auf der Straße hatten die Knickerbocker ihre Taschenlampen angeknipst, die ihnen bei diesem Fall bereits gute Dienste geleistet hatten. Mit zitternden Händen leuchteten sie nun den stockdunklen Raum ab, in dem sie sich befanden.

Was sie sahen, ließ ihnen den Schock wie einen siedenden Blitz durch alle Knochen rasen. An den Wänden lehnten Tote.

Das Reich der Toten

Mumien kannten die Knickerbocker-Freunde von ihrem Abenteuer in Ägypten, als sie das Rätsel um die rote Mumie* gelöst hatten. Hier aber handelte es sich nicht um einbandagierte Körper, sondern um Leichen, die, vollständig bekleidet, nebeneinander standen. Die Haut ihrer Gesichter und Hände war ausgetrocknet, und wo sich einst die Augen befunden hatten, waren jetzt nur zwei schwarze Löcher.

Poppi drehte sich um und riss am Türgriff. Sie wollte hier auf der Stelle wieder raus. Antonello hatte sich einen mehr als miesen Scherz erlaubt. Zum Entsetzen des Mädchens war die Tür aber abgesperrt. Es half kein Rütteln und Reißen. Sie blieb verschlossen. Antonello schien außerdem fortgegangen zu sein, denn auch auf Poppis Rufen antwortete er nicht.

Axel legte seinen Arm beschützend um die Schulter des Mädchens. „Pssst ... bleib ruhig“, flüsterte er ihr zu und versuchte seine eigene Angst zu verbergen. „Ich glaube, ich weiß, wo wir hier sind. Das ist ein riesiger unterirdischer Keller, der zu einem Kloster gehört. Dominik hat mir davon erzählt. Früher haben die reichen Sizilianer ihre Toten von den Mönchen behandeln und einbalsamieren lassen. So wurden die Leichen haltbar und in ihrem Sonntagsstaat hier aufgestellt. Ihre Freunde und die Familien konnten die Verstorbenen auf diese Art besuchen und immer wieder sehen. In diesem Keller ist es besonders trocken, deshalb halten sich die ... die ... also ... die Typen auch.“ Axel fasste einen Entschluss. „Wir bleiben ganz eng zusammen und finden den

*Siehe Knickerbocker-Abenteuer Nr. 17: „Die Rache der roten Mumie“

Namen dieses Kindes heraus. Poppi, wir werden diesem Angeber Antonello beweisen, dass wir keine Feiglinge sind. Aber wenn wir es schaffen, müssen Lilo und Dominik auch hierher!"

Dieser Gedanke gab Poppi etwas und sie willigte ein.

Langsam, Schritt für Schritt, begannen die beiden Knickerbocker-Freunde durch das gruselige Gewölbe zu wandern. Sie hielten ihre Blicke eher zu Boden gesenkt, denn der Anblick von hunderten Toten war zu schaurig. Teils in graue, halb zerfallene Kutten, teils in prachtvolle, durch die Jahre aber völlig verdreckte Prachtgewänder gehüllt, bildeten sie eine Parade des Horrors.

Noch dazu wurden die beiden Junior-Detektive das Gefühl nicht los, dass die Kerle sie anstarrten und ihnen sogar nachblickten. Bei Tag, wenn der Keller voll mit Touristen war, gab es hier sicher nichts zu gruseln. In der Nacht, mutterseelenallein, war das allerdings etwas anderes.

Axel und Poppi befanden sch in einer Riesengruft mit mindestens hundert, wenn nicht sogar tausend Toten.

Ein leises Klicken fuhr den beiden wie ein Peitschenknall durch alle Glieder. War außer ihnen doch noch jemand im Keller? Regungslos verharrten sie und warteten einige Sekunden. In ihren Ohren konnten sie das Blut pochen hören. Sonst blieb es rund um sie allerdings still.

Schweigend setzten sie ihren Marsch fort. Da sie nicht nach vorn, sondern hauptsächlich auf den abgetretenen Steinboden blickten, übersahen sie die Krümmung des Ganges. Plötzlich stolperte Poppi über eine Holzlatte und berührte mit ihrem Gesicht ein muffiges, modriges Stück Stoff. Sie hob den Kopf und leuchtete mit ihrer Taschenlampe genau in einen zahnlosen Kiefer, der zu einem Totenschädel gehörte. Nur noch eine gräuliche Pergamenthaut, die da und dort bereits zerrissen war, spannte sich über die Knochen.

Schluchzend legte das Mädchen seinen Kopf auf Axels Schulter. Der Junge wäre am liebsten umgekehrt, aber diesen Triumph wollte er Antonello nicht gönnen. Er stand immer im Wettstreit mit älteren Jungen, die Lilo als „Traumtypen" zu bezeichnen pflegte.

„Komm ... der tut dir nichts. Der ist genauso erschrocken wie du!", versuchte Axel zu scherzen.

Wo – verdammt noch mal – war dieses schlafende Kind? Wen hatte Antonello gemeint? Hier gab es doch nur alte, verstorbene Knacker.

Axel ließ den Strahl seiner Taschenlampe über die Wände zucken und biss sich auf die Lippe. Wenige Meter entfernt stand ein kleiner, offener Sarg. Vielleicht lag das Kind hier? Hastig zerrte er Poppi hinter sich her und warf einen Blick durch die Glasplatte, die über der Sargöffnung lag.

Die beiden Knickerbocker-Freunde trauten ihren Augen nicht. Eingebettet in Spitzen und Seidenkissen, schlummerte ein kleines, höchstens dreijähriges Mädchen. Es machte den Eindruck, als würde es ein Schläfchen halten.

Als Axel die kleine Tafel vor dem Sarg entdeckte und entzifferte, schluckte er. „Poppi, dieses Mädchen ist seit über 100 Jahren tot!", krächzte er. „Die Mönche haben es nur besonders gut einbalsamieren können. Es heißt übrigens Rosalia!"

„Dann wissen wir den Namen – und jetzt raus!", zischte Poppi. Sie drehte sich um und riss an Axels Hand. Der Junge warf noch einen letzten Blick auf die kleine Rosalia und folgte dann seiner Freundin. Mit großen Schritten jagten die beiden dem Ausgang zu. Doch die Gänge des Kellers waren verwirrend angeordnet und bald hatten die Junior-Detektive die Orientierung verloren. Immer wieder bogen sie um eine Ecke und hofften vor der schwarzen Eisentür zu stehen. Und jedes Mal wurden sie enttäuscht und befanden sich in einem neuen

Gang. „Den kenne ich nicht. Hier waren wir vorhin noch nicht!“, stöhnte Axel. Poppi und er rannten schneller und schneller. Als sie wieder einen neuen Gang erreicht hatten, rutschte dem Mädchen die Taschenlampe aus der Hand und rollte über den Boden. Poppi sprang ihr nach und stürzte. Auf allen vieren krabbelte sie zu dem Lichtpunkt, der ihr anzeigte, wo die Lampe lag.

Als sie die Hand danach ausstreckte, wollte sie am liebsten schreien. Aber der Schreck ließ nicht zu, dass ein Schrei aus ihrer Kehle kam. Poppi rang nach Luft und versuchte aufzustehen. „He, wo bleibst du? Komm endlich!“, rief Axel leise. Da seine Knickerbocker-Freundin ihm den Rücken zukehrte, konnte er ihr entsetztes Gesicht nicht sehen.

Poppis Taschenlampe leuchtete auf ein paar Schuhe. Es waren schwarze Lederstiefel, die eindeutig von heute und ziemlich neu waren. In ihnen steckten zwei schwarze Hosenbeine, und als Poppi den Kopf hob, erblickte sie einen schwarzen Umhang, der zu einem überaus lebendigen Hals führte. Auf ihm saß ein höchst lebendiger Kopf, dessen Gesicht von einer weißen Karnevalsmaske mit langer Nase verdeckt war.

Die rätselhafte Gestalt sprang aus der Nische, in der sie sich versteckt gehalten hatte, und zog eine dünne Drahtschlinge aus dem Umhang. An jedem Ende war ein Stück Holz befestigt, das als Griff diente.

Die seltsame Erscheinung kümmerte sich nicht um das Mädchen, sondern stürzte sich auf Axel, der vor Entsetzen ebenfalls zu keiner Bewegung fähig war.

Mit einer schnellen Handbewegung schlang die Gestalt den Draht um Axels Hals. Der Junge brüllte auf, wagte aber nicht, sich zu rühren. Er wusste genau, dass jeder unvorsichtige Ruck eine tiefe Schnittwunde bedeuten konnte. Eine Drahtschlinge dieser Art war eine lebensgefährliche Waffe.

„Die Pizza! Wo ist die goldene Pizza?“, zischte die Maskengestalt.

„Ich habe sie nicht. Ehrlich!“, keuchte Axel. Augenblicklich zog der Angreifer die Schlinge enger. Axels Finger ließen die Taschenlampe fallen, sausten in die Höhe und versuchten sich zwischen Draht und Hals zu schieben. Doch es war zu spät. Die Schlinge war schon zu weit zugezogen.

„Ich mache Ernst, wenn du nicht sagst ... wo Versteck!“, drohte die Person hinter der Maske mit italienischem Akzent.

„Durchsuchen Sie mich. Ich habe sie nicht. Wir haben sie Signor Baldi zurückgegeben“, stieß der Junge hervor. Seine Stimme versagte und die letzten Worte konnte er nur noch hervorwürgen.

„Ich warne dich ... rede ... sonst ... ich ziehe Schlinge zu“, radebrechte der Angreifer. Axel kämpfte mit sich selbst. Sollte er das Versteck verraten? Gerieten dadurch nicht auch alle seine Freunde, die im Wohnmobil warteten, in große Gefahr? Hatte er in den vergangenen Tagen nicht schon zweimal versagt und seine Knickerbocker-Kumpels im Stich gelassen? Ja, das hatte er, und diesmal würde er es nicht tun. Aber wie würde der Mann mit der Maske darauf reagieren?

Warnung an alle!

In den langen, verwinkelten Gängen der riesigen Totenhalle regte sich nichts. Die mumifizierten Leichen waren stumme Zeugen des entsetzlichen Angriffs auf Axel und würden nie etwas darüber verraten.

Beim Aufprall auf dem Boden war die Taschenlampe des Jungen erloschen. Ungefähr drei Meter von ihm entfernt leuchtete jetzt nur noch Poppis Lampe. Der Strahl fiel auf eine Holzlatte und wurde dort gedämpft. Axels Umgebung war also kaum erleuchtet.

Die Gestalt im schwarzen Mantel stieß dem Jungen ihr Knie in den Rücken und zischte: „Was ist? ... Rede ... Sonst ... sonst ... schneide ich dir die Kehle durch."

Axels Herz jagte wild. Trotz der Kühle in der Gruft rann ihm der Schweiß von der Stirn. Die Muskeln in seinem Hals waren vor Anspannung hart wie Holz geworden. Aber gegen die Schärfe des Drahtes hatten sie keine Chance.

Was war das? Aus den Augenwinkeln hatte der Junge etwas entdeckt. Sollte er sich getäuscht haben oder ...? Wieder bohrte sich das Knie des Angreifers in sein Kreuz und Axel wurde dadurch weit nach hinten gebogen. Die Drahtschlinge drückte bereits gefährlich fest auf seine Haut. „Wenn ... Sie mir den Hals ... durchschneiden", stieß der Junge hervor, „dann erfahren Sie nie, wo die Pizza ist!" Im nächsten Augenblick kam dem Knickerbocker zu Bewusstsein, dass er sich nun verraten hatte. Jetzt wusste der Mensch mit der Maske, dass der Pizza-Schlüssel doch noch im Besitz der Bande und nicht bei Signor Baldi war. Axel verfluchte sich selbst in Gedanken und rechnete mit dem Schlimmsten, als plötzlich ein hoher, langer Schrei durch die Massengruft schallte. Der Druck in seinen Rücken verschwand und die tödliche Drahtschlinge fiel von seinem Hals ab.

Der Junior-Detektiv wirbelte herum und hob schützend die Fäuste vor das Gesicht. Aber es war niemand mehr da. Im schwachen Lichtschein glaubte er den Schatten der Gestalt am Ende des Ganges zu erkennen. Ein lautes Poltern verriet, dass sie gegen eines der grob gezimmerten Holzgestelle geprallt war. Der Angreifer hinkte weiter und seine Schritte entfernten sich immer mehr.

„Poppi? Poppi, wo bist du?“, keuchte Axel und ruderte tastend mit den Armen durch die Luft. Der Lichtpunkt der Taschenlampe begann sich heftig zu bewegen und schwenkte auf das Gesicht des Jungen.

„Hier“, kam die Stimme des Mädchens aus derselben Richtung. Axel atmete erleichtert auf. Er hatte sich also vorhin nicht getäuscht. Seine Knickerbocker-Freundin war tatsächlich lautlos neben der geheimnisvollen Gestalt aufgetaucht. Aber was hatte sie mit ihr gemacht?

„Ich habe ihr mit voller Wucht in die Hand gebissen“, verriet ihm das Mädchen. „Aber jetzt will ich endlich raus!“ Poppi packte Axel am Arm und zerrte ihn hinter sich her.

Zu ihrer Erleichterung erkannten die Freunde, dass sie sich nur wenige Schritte von der Ausgangstür entfernt befanden. Sie packten den Türgriff und das schwere Tor schwenkte augenblicklich auf. So schnell sie nur konnten, eilten sie die Treppen nach oben und stolperten in die Nacht hinaus.

„Antonello!“, schrie Axel, als er Lieselottes Cousin erblickte. Der junge Italiener saß auf der Straße vor dem Wohnmobil und Lilo und Dominik hockten neben ihm. Die drei schienen etwas zu besprechen. Wutentbrannt rannte Axel auf Antonello zu und riss ihn an den kurzen, gelackten Haaren.

„Hör auf, Antonello ist niedergeschlagen worden!“, rief Lilo und stieß den Jungen zur Seite.

„Und wir sind fast umgebracht worden, weil dieser Idiot uns in den Grusel-Keller gejagt hat!“, tobte Axel. Dann fiel ihm aber ein, dass der geheimnisvolle Ganove noch immer in der Gruft war und jeden Moment auftauchen konnte. Es war besser zu verschwinden. Auf schnellstem Wege!

„Kannst du fahren?“, erkundigte sich Axel bei Antonello. Allzu viel Mitleid empfand er für den jungen Mann nicht. Antonello nickte. „Dann fahr los! Schnell! Wir müssen weg!“

Die Knickerbocker-Bande half Lilos Cousin auf die Beine und sprang in das Wohnmobil. Durch die Seitenscheibe erkannte Axel noch, wie jemand in einem weiten schwarzen Umhang aus der Gruft kam und drohend die Faust schwenkte. Dann bog der Wagen um die Ecke und tauchte in den nächtlichen Straßen von Palermo unter.

Eine Stunde später. Antonello hatte das Wohnmobil im Hof eines Hauses geparkt, das einem seiner Freunde gehörte. Hier waren die Knickerbocker-Freunde und er sicher.

Etwas wehleidig rieb sich der junge Italiener die dicke Beule auf dem Hinterkopf. „Ich kenne einen Pförtner, der den Schlüssel zu dem Keller des Kapuzinerklosters besitzt. Haltet mir keine Moralpredigten, dass man nicht in der Nacht unerlaubterweise in so einen Ort eindringt. Ich weiß es, aber ich wollte euch ein wenig erschrecken.“

Axel verzog den Mund zu einem Grinsen, das bedeuten sollte: Äußerst witzig, Mister Supergut. „Übrigens heißt das Mädchen Rosalia“, meinte er schnippisch, um Antonello seinen und Poppis Mut zu beweisen.

„Nachdem ich das Tor abgesperrt hatte, wollte ich eine Zigarette rauchen. Ich bin nach oben und habe plötzlich vor einer dunklen Gestalt gestanden“, setzte Antonello seinen Bericht fort. „Der Teufel hat mich die Treppen hinuntergestoßen. Dabei bin ich mit dem Kopf gegen die Wand geprallt und ein paar Minuten lang besinnungslos gewesen. Als ich wieder zu mir gekommen bin, war ich völlig verwirrt. Es hat eine Weile gedauert, bis ich aufstehen und nach oben konnte. Na ja, und bald darauf wart ihr schon da. Tut mir Leid, Poppi und Axel. Aber ... was wollte der Mann von euch?"

Axel warf Lieselotte einen fragenden Blick zu. Sollten sie Antonello einweihen? Das Superhirn überlegte kurz und nickte zustimmend. So erfuhr Antonello in der folgenden Stunde einiges, was die Junior-Detektive bisher herausgefunden hatten. Der junge Italiener war sprachlos.

„Eines steht fest: Dieser Mann will unter allen Umständen die Pizza-Schlüssel an sich bringen. Was sich auch immer in der Gruft des Baron Pizza befindet, es muss sehr wertvoll sein. Ich glaube, wir sollten uns aus der Sache raushalten", teilte Lilo den anderen ihre Gedanken mit. Poppi, Dominik und Axel nickten zustimmend. „Aber wir müssen die Leute, die außer Signor Baldi noch auf der Liste stehen und einen Pizza-Schlüssel besitzen, warnen", setzte das Superhirn fort. Wieder stimmten die anderen zu.

„Wo ist der Schlüssel eigentlich?", erkundigte sich Antonello.

„In Mama Sophias Kuchen, den sie uns auf die Reise mitgegeben hat. Ich habe ihn an der Unterseite in den Teig gedrückt", verriet Axel. „Aber jetzt nehme ich ihn wieder an mich. In meinem wasserdichten Brustbeutel ist er am besten aufgehoben."

Lieselotte konnte in dieser Nacht lange nicht einschlafen. Was befindet sich in der Gruft des Baron Pizza? Dieser Gedanke ließ sie nicht los. Wieso wird es in der Gruft aufbewahrt und weshalb sollen es ausgerechnet diese vier Leute herausholen? „Baron Pizza" kann außerdem nur ein Deckname sein. Aber für wen? Das Superhirn der Knickerbocker-Bande wollte diesen neuen Fall nicht aufgeben. Außerdem war da noch etwas. Wenn jemand so wild auf die Pizza-Schlüssel war und keine Mühen und nicht einmal Verbrechen scheute, musste der Inhalt der Gruft es wert sein.

Lilo spürte, dass sie unbedingt Antworten auf alle ihre Fragen finden musste.

Lautete das Motto der Bande nicht: „Echte Knickerbocker lassen niemals locker?"

Der Zufall traf schließlich eine Entscheidung …

Mehr über den Baron

Zwei Tage später in Neapel.

Mit der Fähre waren die Knickerbocker-Freunde und Antonello samt Wohnmobil von der Insel Sizilien auf das italienische Festland gereist. Der Boden auf Sizilien war zu heiß geworden und deshalb wollten sie im sommerlichen Menschengetümmel Italiens untertauchen.

Vor ihrer Abfahrt hatten sie in Palermo noch Signora Anna Walla besucht, die laut Brief ebenfalls einen Pizza-Schlüssel erhalten hatte.

Signora Walla besaß einen kleinen, düsteren Antiquitätenladen in der Nähe des Hafens. Sie selbst musste um die fünfzig Jahre alt sein und war überaus wortkarg. Zuerst wollte sie für die Knickerbocker-Freunde nicht einmal die Tür aufschließen. Erst als Axel ihr die goldene Pizza durch die Glasscheibe zeigte, drehte sie den Schlüssel um und winkte die vier Freunde und Antonello hastig in den Laden.

„Woher habt ihr das Ding?“, lautete ihre erste Frage. Antonello erzählte ihr auf Italienisch in wenigen Sätzen, dass es sich um ein Geschenk von Alfredo Baldi handelte. Anna Walla wurde daraufhin von einem heftigen Kichern geschüttelt und kramte aus einer morschen Holzlade einen zweiten Pizza-Schlüssel hervor. „Habe ich es mir doch gedacht“, murmelte sie immer wieder. „Das ist die Tat eines Geistesgestörten. Hier, ihr könnt auch meine ‚Pizza‘ haben. Dieser Baron Pizza legt mich kein zweites Mal herein!“

Als Antonello für die Junior-Detektive übersetzte, horchten die vier auf. „Was soll das heißen?“, wollte Lilo erfahren. Signora Wallas Gesicht verdüsterte sich. „Dieser Baron Pizza hat mich vor zehn Jahren zu sich kommen lassen. Er wollte mir etwas anbieten. Ein kostbares Stück zu einem günstigen Preis."

Axel wollte es genauer wissen. „Haben Sie eine Ahnung, worum es sich gehandelt hat? Was hatte Baron Pizza anzubieten?" Signora Walla zuckte mit den Schultern. „Damals war von einem echten Leonardo da Vinci die Rede. So ein Bild ist Milliarden Lire wert. Angeboten wurde es zu einem Spottpreis. Aber wahrscheinlich war auch das eine Erfindung!"

Zum Abschied schenkte die Antiquitätenhändlerin der Knickerbocker-Bande ihren Pizza-Schlüssel. „Mädchen, lasst euch ein Kettchen dranmachen und hängt euch die Dinger um den Hals. Dann sind sie wenigstens zu etwas gut", riet sie Poppi und Lieselotte.

Seit diesem Gespräch waren zwei Tage vergangen. Mit viel Geschick und lauten Flüchen steuerte Antonello das Wohnmobil nun durch den wilden Straßenverkehr von Neapel.

Neapel war die Stadt der Superlative. Hier gab es das schlimmste Verkehrschaos, das lauteste Hupkonzert und das meiste Geschrei. Der Lärm der Stadt war ohrenbetäubend. Die Leute schienen sich hier fast ausschließlich brüllend zu unterhalten und in drei Minuten genauso viel mitzuteilen, wozu andere drei Stunden benötigten.

Die Häuser waren so dicht aneinander gebaut, dass die Leute Wäscheleinen von ihrem Fenster zum Fenster des Nachbarhauses spannten.

„Neapel ist eine Mischung aus einem Ameisenhaufen und einem Vulkan", stellte Dominik fest.

„Die Menschen sind fast alle überaus freundlich", erzählte Antonello, „auch wenn in Neapel zum Teil schreckliche Armut herrscht, oft zehn Leute in einem Zimmer wohnen und viele keine Arbeit haben. Die Hälfte der Kinder besucht keine Schule und arbeitet, damit die Familie etwas zu essen hat. Auf der anderen Seite kann niemand so ausgelassen feiern wie die Neapolitaner. Und nirgends gibt es so begeisterte Fußballfans wie hier."

Obwohl es die Knickerbocker geschafft hatten, die Telefonnummer von Renato Salmone, dem dritten Schlüsselbesitzer, herauszufinden, nützte sie ihnen wenig. Signor Salmone weigerte sich, mit ihnen oder Antonello zu sprechen. Durch einen Butler ließ er mitteilen, dass er kein Interesse verspüre, die Bande zu empfangen. Das Stichwort „Baron Pizza" löste nur einen Lachkrampf am anderen Ende der Leitung aus.

Aus diesem Grund hatten die Junior-Detektive den Entschluss gefasst, Signor Salmone zu besuchen. Sein eigenartiges Verhalten hatte sie neugierig gemacht.

„Ansehen kostet nichts und ist völlig ungefährlich", sagte Lilo beruhigend zu den anderen, als sie die Straße gefunden hatten, in der Renato Salmone wohnte. Endlich standen sie vor einem kunstvoll geschnitzten Tor, das die angegebene Hausnummer trug. Es war abgeschlossen.

Frech und unerschrocken presste Lilo ihren Daumen auf den Messingklingelknopf in der hohen Gartenmauer. Während sie auf eine Reaktion warteten, zeigte Dominik auf den oberen Rand der Mauer. Er war mit langen, spitzen Metallspießen und scharfen Glasscherben versehen, die ein Darüberklettern unmöglich machten.

„Signor Salmone scheint Angst vor Einbrechern zu haben", murmelte Axel vor sich hin. Zehn Minuten vergingen, aber niemand kam. Besucher schienen hier wirklich äußerst unerwünscht zu sein.

Die Knickerbocker-Freunde gingen zum Wohnmobil zurück, wo Antonello auf sie wartete. Nachdem sie eingestiegen waren, rief Poppi plötzlich: „He, guckt mal! Was ist das?"

Drei alte, klapprige Busse und zwei große, ziemlich verbeulte Lieferwagen waren die Straße heraufgekommen und steuerten auf das Gittertor zu. Wie von Geisterhand bewegt, schwenkte es auf, und die Busse und Lieferwagen verschwanden auf dem Grundstück.

„Jetzt möchte ich aber wirklich wissen, was die bringen“, sagte Lilo leise. „Kommt mit!“, zischte sie den anderen zu und sprang wieder aus dem Wohnmobil. Geduckt huschte das Mädchen zu dem noch offenen Gartentor und warf einen vorsichtigen Blick um die Ecke. Hinter der Mauer erstreckte sich ein alter Park mit Büschen, die zu Kugeln und Säulen zurechtgestutzt worden waren. Am Ende einer breiten, kiesbestreuten Zufahrtsstraße erhob sich eine weiße Villa.

Die Busse und die Lieferwagen waren in einen Seitenweg eingebogen und verschwanden hinter den Bäumen. Lieselotte gab ihren Kumpels ein Zeichen, ihr zu folgen, und betrat das Grundstück. Blitzschnell ging sie hinter einem ausladenden Kugelbusch in Deckung. Axel, Poppi und Dominik hockten sich dicht neben sie.

„Was ... was ist hier los?“, flüsterte Poppi. „Was machen die Klapperbusse bei diesem Nobelschuppen?“ Lilo zuckte mit den Schultern. Unter leisem Quietschen schloss sich das Holztor und fiel krachend zu. „Wie kommen wir wieder hinaus?“, fragte Poppi ängstlich. Abermals zuckte Lieselotte nur mit den Schultern. Zum Glück war Antonello draußen. Falls sie nicht bald wieder auftauchten, würde er bestimmt etwas unternehmen.

Eine merkwürdige Anspannung und Unruhe ergriff die vier Freunde. Mit angehaltenem Atem gingen sie immer wieder in die Höhe und spähten über den Rand der Buschkugel in Richtung Villa. Dort zeigte sich allerdings keine Menschenseele.

Ein leises Hüsteln hinter ihrem Rücken ließ die vier wie von der Tarantel gestochen in die Höhe sausen. Sie wirbelten herum und prallten vor Schreck zurück.

Schrecklich!

Hinter ihnen stand ein nicht sehr großer, dafür aber äußerst rundlicher Mann. An ihm schien alles rund zu sein: sein Gesicht, sein Bauch, seine Beine, seine Hände, selbst seine Nase.

Er trug einen schwarzen Anzug und stützte sich auf ein dünnes, ebenfalls schwarzes Stöckchen, das sich unter seiner Körperfülle leicht bog. „Ent... Ent... schuldigung... scusi ... äh!" Mehr brachte Lieselotte nicht heraus.

In fließendem Deutsch antwortete der Mann: „Ich gebe euch exakt 30 Sekunden Zeit, mir zu erklären, was ihr hier treibt. Die Zeit läuft!"

„Wir wollen ... Pizza ... Baron", plapperten die vier Knickerbocker durcheinander. „Ruhe!", herrschte Dominik sie an. „Ich mache das!"

„Noch 20 Sekunden, dann rufe ich die Polizei", verkündete der Mann, ohne eine Miene zu verziehen.

„Wir haben versucht, Sie anzurufen, dass Sie mit einem Überfall oder einem Einbruch zu rechnen haben. Es ist uns bekannt, dass Sie eine kleine goldene Pizza von einem gewissen Baron Pizza zugeschickt bekommen haben. Auf diese Pizza hat es noch jemand abgesehen", erläuterte Dominik den Grund ihres Hierseins.

Der Mann zog eine Augenbraue hoch und nickte. Er strich sich über den Oberlippenbart, der wie ein dünner Strich aussah, und meinte: „Ich bin von eurem Mut beeindruckt und bitte euch in mein Haus zu einer kleinen Erfrischung."

„Draußen wartet mein Cousin auf uns. Kann er auch ...?", wollte Lilo wissen. Der Mann nickte. „Mein Diener wird ihn hereinbitten."

Für sein überaus großes Gewicht hatte der Mann einen äußerst eleganten Gang. Er lief voran und die Knickerbocker-Bande folgte ihm in Richtung Haus. „Haben wir es mit Signore Salmone zu tun?“, platzte Axel heraus. Der Mann lächelte und nickte.

Als er die Haustür erreicht hatte, wurde sie augenblicklich von einem Dienstboten geöffnet, der sich vor den Gästen verneigte. Axel, Lilo und Dominik betraten die kühle Marmorhalle. Poppi wollte ihnen folgen, aber ein leises, jämmerliches Maunzen hielt sie zurück. Es klang nach einer verletzten Katze und das ließ Poppi alles vergessen.

Ohne ein Wort zu sagen, lief sie auf eine nahe Baumgruppe zu, von wo das Maunzen gekommen war. Was sie dort sah, brachte sie zur Weißglut. Jemand hatte einer kleinen, kaum acht Wochen alten Katze mit einem Faden einen Stein an den Schwanz gebunden. Immer wieder versuchte sich das Kätzchen loszureißen, aber es gelang ihm nicht. Dafür wurde seine Qual bei jedem Mal größer.

Wütend blickte sich Poppi um. Wo war der Tierquäler, der das verbrochen hatte?

Wenige Schritte entfernt raschelte es im Unterholz. Ein Kind, vielleicht sechs Jahre alt, sprang auf und flüchtete. Die Arme hielt es schützend über den Kopf. Poppi folgte ihm und rief: „Halt! Bleib auf der Stelle stehen! Halt!“

Das Kind – der Latzhose nach zu schließen handelte es sich um einen Jungen – beschleunigte sein Tempo. Es schlüpfte durch mehrere dichte Hecken und steuerte auf ein lang gestrecktes Haus zu, das abseits der Villa lag. Davor parkten die Busse und Lieferwagen.

Als Poppi den Platz erreicht hatte, war der Kleine längst verschwunden. Das Mädchen wartete ein paar Sekunden und lauschte.

Da! Eine Autotür. Der Junge wollte sich also in einem der

Wagen verstecken. „Na warte“, zischte Poppi und lief auf den ersten Bus zu. Es handelte sich um ein besonders altes Modell, das sogar noch Türklinken besaß. Das Mädchen drückte sie nieder und stieg die Treppe hinauf.

Den Katzenquäler entdeckte Poppi in dem Bus nicht. Dafür starrte sie auf mehrere offene Kisten und ihre Augen wurden größer und größer.

Die Eingangstür des Hauses flog auf und eine Schar schmutziger Mädchen und Jungen lief barfüßig heraus. Sie schnatterten durcheinander und wurden von einem Burschen zu den Bussen getrieben. Als ein kleiner Junge trotzig stehen blieb und mit dem Fuß protestierend aufstampfte, bekam er eine schallende Ohrfeige und heulte los.

Aus dem Bus, in dem sich Poppi befand, gab es kein Entkommen, ohne entdeckt zu werden. Dem Knickerbocker-Mädchen war aber auch klar, dass es hier etwas gesehen hatte, das nicht für seine Augen bestimmt war. Falls Signor Salmone damit zu tun hatte, war er ein Gauner der übelsten Sorte. Wahrscheinlich auch ein Gauner, der vor nichts – aber auch überhaupt nichts – zurückschreckte.

Als Lilo, Axel und Dominik die Villa betraten, blieb ihnen die Spucke weg. Signor Salmones Haus glich einem Museum alter Möbel. „Ich wette, hier ist sogar das Klo 300 Jahre alt“, raunte Axel seinen Freunden zu.

„Diese Schränke, die Stühle, die Sessel und die Bilder ... sie müssen ein Vermögen wert sein“, murmelte Lieselotte. Ihr Erstaunen wurde noch größer, als sie auf einem kleinen Ölgemälde die Unterschrift „Rembrandt“ entdeckte. Nun war den Knickerbocker-Freunden klar, wieso die Mauer um den Park so stark gesichert war.

„Ich möchte wirklich wissen, wie man so reich wird und sich das alles leisten kann“, überlegte Dominik laut.

Vor Staunen hatten die Junior-Detektive das Fehlen von

Poppi nicht bemerkt. Erst als sie durch eine Flügeltür am anderen Ende der Halle in den hinteren Teil des Gartens traten, blickten sie sich suchend um. „Unsere Freundin Poppi ist nicht da", meldeten sie Signor Salmone. Der dickbäuchige Herr schien über diese Mitteilung einigermaßen verärgert und erregt und rief etwas über die Schulter ins Haus. Augenblicklich erschien ein junger Mann in einem topmodernen Anzug. Eine dunkle Sonnenbrille verdeckte seine Augen und er kaute unermüdlich an einem Kaugummi. Renato Salmone ließ einen Wortschwall auf ihn nieder, der Bursche nickte und verschwand. „Wahrscheinlich hat sie aus Versehen einen falschen Weg gewählt", vermutete der Besitzer der Kostbarkeiten und verzog sein Gesicht zu einem gequälten Lächeln.

Axel lief ein Stück voraus, bis er zu einem niedrigen steinernen Geländer kam. Dahinter fiel ein Hang ziemlich steil zum Meer hinab. An der Küste erstreckte sich ein schmaler Sandstrand, der offenbar auch zu Signore Salmones Besitz gehörte.

Der Blick auf das Meer und den Golf von Neapel war atemberaubend.

„Junger Mann, kehre bitte zu uns zurück", forderte der Italiener Axel auf. Er bot den drei Knickerbocker-Freunden zierliche Gartensessel an, die rund um einen Steintisch aufgestellt waren.

„Ihr kennt also Baron Pizza?", begann er das Gespräch.

Lieselotte schüttelte den Kopf. „Nein, aber wir wissen von den seltsamen Schlüsseln für seine Gruft, von denen auch Sie einen erhalten haben."

Signor Salmone runzelte die Stirn. „Wieso?", fragte er und seine Stimme klang streng und bohrend.

Lilo beschloss den wahren Sachverhalt ein wenig zu verändern und schwindelte: „Weil uns Signor Baldi seinen

übergeben hat. Signora Walla hat das ebenfalls getan. Aber eigentlich wollten wir Sie nur warnen, dass irgendjemand wild auf diese Pizza-Schlüssel ist, vor nichts zurückschreckt und vielleicht auch Sie überfällt."

Signor Salmone lächelte belustigt und strich sich über sein Bärtchen. „Soso, da muss es sich aber bei diesem Ganoven um einen Dummkopf handeln", lautete seine Meinung. „Baron Pizza ist nämlich ein Scharlatan. Vor vielen Jahren hat er mir Pläne von einem Schatz in Pompeji angeboten."

„Was ist Pompeji?", erkundigte sich Axel.

„Eine Stadt, nicht weit von Neapel, die vor etwa 2000 Jahren bei einem Ausbruch des Vulkans Vesuv verschüttet wurde. In wenigen Stunden ist sie von glühender Asche bedeckt worden. Dadurch ist das Leben – wie es an diesem Tag des Vulkanausbruchs war – festgehalten. Bei den Ausgrabungen hat man sogar versteinerte Brote gefunden! Im ausgegrabenen Pompeji fühlt man sich in die Vergangenheit zurückversetzt", beendete Dominik seinen Kurzvortrag.

„Bei der Schatzkarte hat es sich aber um eine plumpe Fälschung gehandelt, die keine Lira wert war. Ich halte diesen Brief und den letzten Willen für einen Scherz", teilte Signor Salmone den drei Knickerbockern mit.

„So denken die anderen auch, aber irgendjemand scheint vom Gegenteil überzeugt zu sein", warf Lieselotte ein.

Der junge Mann, der sich auf die Suche nach Poppi gemacht hatte, eilte mit großen Schritten zu Signor Salmone und flüsterte ihm etwas ins Ohr. Dieser verzog keine Miene und antwortete mit wenigen knappen Worten. Der junge Mann nickte und verschwand wieder.

„Was ist ... was ist mit Poppi?", fragte Axel misstrauisch. „Sagen Sie schon ... los!"

Lilo, Dominik und er beobachteten entsetzt, wie eine Ader auf der Stirn des Mannes dick anschwoll. „Ihr widerlichen kleinen Ungeheuer. Wer auch immer euch geschickt hat, wird euch nie wieder zu Gesicht bekommen", zischte Signor Salmone. Seine Oberlippe zitterte und seine rechte Hand umklammerte mit aller Kraft das Stöckchen. Mit einem Griff zog er ein noch dünneres Stäbchen heraus, an dem eine Schnur befestigt war. Er hielt nun eine Peitsche in der Hand, die er durch die Luft pfeifen ließ.

„Ich prügle euch so lange, bis ihr mir verraten habt, von wem ihr kommt."

Lieselotte stieß einen kurzen, hohen Pfiff aus, der bedeutete: Sofort flüchten. Die drei Freunde sprangen auf, stießen die Stühle um und wollten losrennen. Aber sie kamen nicht weit. Hinter ihnen waren nämlich lautlos mehrere junge Männer aufgetaucht, die sie wie Mäuse einfingen und mit eisernem Griff festhielten.

Kein Ausweg?

Die Kammer, in der die vier Knickerbocker und Antonello eingesperrt waren, maß drei mal drei Meter. Wahrscheinlich diente sie üblicherweise zur Aufbewahrung von Besen, denn sie besaß kein einziges Fenster.

Axel, Lilo, Poppi und Dominik hockten eng aneinander gedrängt auf dem kühlen Steinboden. Antonello stand bei der Tür und presste sein Ohr dagegen.

Lieselotte musste ständig daran denken, was Poppi berichtet hatte. Im Bus, in den sie gestiegen war, hatte das Mädchen Waschkörbe voll leerer Geld- und Handtaschen gefunden. Sie waren der eindeutige Beweis, dass der Bus einer Bande von Taschendieben gehörte, die Touristen bestahlen und ihre Beute dann in dem Bus verschwinden ließen. Wahrscheinlich warteten dort bereits Komplizen, die die Taschen leerten.

„Aber die Kinder?“, sagte Axel leise. „Was machen die Kinder hier?“ Lilo schnaubte. „Ist dir das nicht klar? Die Kinder sind die Diebe. Signor Salmone hält sie wie Sklaven. Sie müssen für ihn klauen und bekommen dafür zu essen und ein Bett. Das ist aber auch schon alles.“ Dominik vermutete, dass auch die anderen Busse und Lieferwagen für Diebeszwecke eingesetzt wurden. „Ich habe einmal etwas über Kinder gelesen, die als Babys entführt und schon als Kleinkinder zu perfekten Gaunern ausgebildet werden. Diese Kinderdiebe beherrschen ihr Handwerk perfekt und werden dann in ganz Europa eingesetzt. Wird das Pflaster zu heiß, bringt man sie zum arbeiten in ein anderes Land“, berichtete er.

„Und wir?“, fragte Poppi leise. „Müssen wir jetzt auch stehlen?“ Antonello gab seinen Lauschposten an der Tür auf und kauerte sich zu den vier Freunden. „Signor Salmone tobt“, berichtete er. „Die Kinder sind nur ausnahmsweise hier auf seinem Grundstück, weil ein anderes Versteck vor kurzem von der Polizei entdeckt worden ist. Nun vermutet er, dass es sich bei uns um Spitzel handelt. Er hat angeordnet, die Kinder fortbringen zu lassen.“

„Aber was hat er mit uns vor?“, wollten die Knickerbocker wissen. Antonello schwieg. Die letzten Worte, die er gehört hatte, waren zu entsetzlich gewesen.

Signor Salmone hatte seinen Mitarbeitern nämlich den Auftrag gegeben, Axel, Lilo, Poppi, Dominik und ihn bei Nacht zu den brennenden Feldern zu bringen. Diese brennenden Felder waren ein Vulkankrater, den der junge Italiener als Schüler einmal besucht hatte. Im Krater brodelte ein grauer, dampfender Brei. Sein Lehrer hatte damals erklärt, dass es sich um Gestein handelte, das von Säuren zersetzt und mit Grundwasser vermischt worden war. Dieser Brei wurde durch die Hitze des Kraterbodens zum Kochen gebracht. Wer da hineinfiel, kam nie wieder heraus. Die brennenden Felder waren der perfekte Ort, um Leute spurlos verschwinden zu lassen. Und genau das hatte Signor Salmone mit der Knickerbocker-Bande und Lilos Cousin auch vor. Mitwisser konnte er nicht brauchen.

Schließlich beschloss Antonello, den vier Junior-Detektiven doch die Wahrheit mitzuteilen. Er wusste, wie oft sie schon in brenzlige Situationen gekommen waren. Möglicherweise kannten sie einen Ausweg.

Die Reaktion der Bande war schlimmer, als er gedacht hatte. Poppi und Dominik begannen zu schluchzen. Auch Lilo und Axel wurden von Hoffnungslosigkeit überfallen und sackten verzweifelt zusammen. Die Aufregungen und Strapazen der vergangenen Tage hatten die Knickerbocker völlig geschafft. Sie waren im Augenblick nicht fähig, einen klaren Gedanken zu fassen.

Auf dem Gang wurden Schritte hörbar. Jemand trat vor die Tür der winzigen Kammer und schloss auf. Wie gejagte, völlig verängstigte Tiere drängten sich die Knickerbocker-Freunde in die hinterste Ecke. Jeder von ihnen wusste genau, dass sie auch dort keinen Schutz vor den skrupellosen, grausamen und brutalen Gangstern fanden, aber im Augenblick war es das Einzige, was sie tun konnten.

Antonello vergaß völlig sein sonst so lässiges Gehabe. Er fühlte sich jämmerlich und kam sich wie ein entsetzlicher Feigling vor. Unter Aufbietung all seiner Kräfte hob er die Arme und legte sie schützend um die vier Freunde. Aber was waren zwei Arme gegen die Pistolen, die nun auf die Bande gerichtet wurden.

Im Türrahmen war der Kaugummi kauende Typ mit der Sonnenbrille aufgetaucht. Was er den Junior-Detektiven zu sagen hatte, teilte er flüsternd mit. Trotzdem war der Spott in seiner Stimme unüberhörbar.

„Ihr sollt mitkommen“, übersetzte Antonello.

„Und du?“, fragte Lieselotte zitternd. Antonello wagte es, die Frage dem Helfer von Signor Salmone zu stellen. Die Antwort schien Lilos Cousin zu freuen. „Ich darf mit“, sagte er und fügte hinzu: „Was jetzt auch immer geschieht, ich lasse euch nicht im Stich.“

Bisher war Antonellos größte Heldentat eine Schlägerei in einer Disco wegen eines Mädchens gewesen. Aber jetzt erkannte er, was „Mut“ wirklich bedeutete.

„Wenn die uns … uns … wirklich beseitigen …“, stammelte Lieselotte, „wirklich beseitigen wollen … wären sie nicht so nett.“ Sehr beruhigend waren diese Worte auch nicht.

Poppi, Axel, Dominik und das Superhirn erhoben sich vom Boden und schlichen an dem Mann mit der Pistole vorbei auf den Gang. Antonello kam als Letzter. Doch als er aus der Tür treten wollte, versetzte ihm der Ganove einen Tritt und schleuderte ihn zurück. Danach schlug er die Tür zu und sperrte ab.

Den Knickerbocker-Freunden blieb vor Schreck fast das Herz stehen. Ein Trick! Das war ein Trick gewesen, damit sie, ohne Schwierigkeiten zu machen, aus dem Zimmer kamen. In Axel stieg verzweifelter Zorn auf und er setzte an zu schreien. Der Lauf des Revolvers brachte ihn dann augenblicklich zum Schweigen.

„Avanti!“, kommandierte der Helfer von Signor Salmone. Poppi konnte nicht mehr und fiel schluchzend nieder. Zusammengekrümmt lag sie auf dem Marmorboden und weinte. Der Mann herrschte die anderen an, sie aufzuheben, und drohte wieder mit der Pistole. Aber auch die Hände von Lilo, Axel und Dominik waren durch die dauernde Anspannung und die Todesangst schlapp und schwach. Wie Schwimmtiere, denen jemand die Luft ausgelassen hat, sackten sie zusammen. Flehend hoben sie die Arme in die Höhe und versuchten die drohenden Schläge abzuwehren.

Ein kurzer, lauter Schrei hielt den Kaugummi kauenden Burschen schließlich davon ab, auf die Knickerbocker einzutreten. Axel blickte auf und erkannte Signor Salmone, der schnaufend den Gang entlangkam. Das Stöckchen bog sich unter seinem Gewicht und trotz der Kühle in der Villa tropfte Schweiß von der Stirn des Mannes.

„Wer hat euch geschickt? Wenn ihr mir das sagt, lasse ich euch euer jämmerliches Leben!“, bot der Kunstsammler den vier Freunden an. Dominik schnappte nach Luft und sagte keuchend: „Niemand! Ehrlich! Wir wollten Sie nur warnen. Ein Verrückter überfällt die Leute, die einen Schlüssel zur Gruft des Baron Pizza bekommen haben.“ Signor Salmone zog etwas aus seiner Tasche und schleuderte es den Junior-Detektiven hin. Es handelte sich um die dritte kleine goldene Pizza. Fast automatisch griff Axel danach.

Zuerst sah es aus, als wollte der fette Italiener zu einem neuen Wutausbruch ansetzen, aber dann beruhigte er sich und lächelte zuckersüß. Er winkte mit den Fingern der linken Hand Auf Wiedersehen und klopfte mit seinem Stöckchen fest auf den Boden. Das hielt es nun nicht mehr aus, es zerbrach. Wütend schleuderte es der Mann weg und der Stock landete genau vor Axels Händen.

Das Klopfen war ein Zeichen für vier Burschen gewesen zu kommen und die Knickerbocker zu entfernen. Verzweifelt und mit letzter Kraft strampelten die Freunde, aber sie hatten keine Chance. Wie junge Hunde zerrten die Männer sie fort. Aber wohin?

Pfeffer sei Dank!

„Wir müssen stehlen“, sagte Axel zu Dominik, Poppi und Lieselotte. Die vier Knickerbocker saßen in einem Zimmer des Nebengebäudes der Villa und versuchten zu essen. In der Mitte des Tisches standen eine Schüssel mit lauwarmen Spagetti, eine Flasche Olivenöl, Salz und Pfeffer. Ein Mädchen, das ungefähr so alt wie Lilo und Axel war, hatte vor einer halben Stunde das Tablett mit den Spagetti gebracht. Von ihm hatte der Junge auch erfahren, was Signor Salmone mit den Junior-Detektiven vorhatte. Er wollte sie am Leben lassen, wenn sie – wie hunderte andere Kinder – für ihn arbeiteten. Das bedeutete: Sie mussten Touristen die Geldtaschen stehlen und Autoradios klauen. Ihre Ausbildung sollte noch am selben Tag beginnen.

Lilo warf einen Blick auf ihre Armbanduhr. Es war kurz vor sechs Uhr am Abend. Obwohl sie seit der Früh nichts gegessen hatte, brachte sie nicht eine Nudel hinunter. Ihren Kumpels erging es nicht besser. Sie waren erleichtert, dass Signor Salmone sie nicht in den brennenden Feldern hatte verschwinden lassen. Aber wie kamen sie hier je wieder fort?

Dominik stand auf, ging zum Fenster und spähte durch die Latten der Fensterläden. „Die Busse mit den Kindern fahren wieder ab“, meldete er. „Und die Typen, die uns hergebracht haben, steigen ebenfalls ein.“

„Auch der Kaugummi-Charly?“, fragte Lieselotte. Dominik verneinte. „Der überwacht alle und ... und jetzt ... kommt er auf das Haus zu.“

Lieselotte überlegte kurz und sagte dann: „Passt auf, wir müssen alle Kräfte zusammennehmen und die Gelegenheit nutzen. Es sind jetzt wahrscheinlich nur noch Signor Salmone, der Kaugummi-Kauer und der Butler im Haus. Wir müssen die Schweine austricksen. Zu dritt sind die nicht so stark, vor allem nicht, wenn wir ihnen die Waffen abnehmen können."

Die Knickerbocker-Freunde schöpften Hoffnung. Die Chancen standen nicht sehr gut, aber trotzdem mussten sie versuchen zu entkommen. Dabei durften sie aber nicht Antonello vergessen, der wahrscheinlich noch in der Kammer hockte.

Dominik sah sich in ihrem Zimmer um und nickte. Er hatte eine Idee. Als er sie Lilo mitteilte, stimmte das Superhirn begeistert zu und spann den Plan weiter. Auch Axel und Poppi fiel einiges dazu ein und mit einem Schlag fühlte sich die Bande wieder sehr stark!

Die Vorbereitungen für ihren Fluchtversuch hatten sie in wenigen Minuten getroffen. Nun hieß es warten und das Warten fiel ihnen schwer. Sehr schwer sogar. „Kann aber auch Vorteile haben, dass sie sich Zeit lassen", sagte Axel. „Wenn der Kaugummi-Onkel nämlich seine Sonnenbrille trägt, wird's schwierig!"

Drei Stunden später war es endlich so weit. „Er kommt!", meldete Dominik, der seinen Wachposten am Fenster bezogen hatte. Die Tür wurde aufgeschlossen und der Kaugummi kauende Mann trat ein. Etwas verdutzt blickte er auf Poppi und Lieselotte, die mit unschuldigen Gesichtern am Tisch saßen. Zu ihrer großen Erleichterung hatte der Ganove die Pistole nicht gezückt und trug keine Sonnenbrille.

„Guck-guck!", flötete Axel links von ihm. Der Mann drehte den Kopf und bekam in der nächsten Sekunde eine volle Ladung Pfeffer ins Gesicht geblasen. Vor Schmerz brüllte er auf, schlug die Hände vor die Augen, hustete, nieste, spuckte und schrie.

Wie zwei Wiesel rasten Poppi und Lilo zu ihm und leerten ihm den Inhalt des Salzstreuers in den Mund.

Dominik hatte das kaputte Stöckchen von Signor Salmone unter seinem Pulli verstecken können, als es ihm vor die Füße gefallen war. Nun leistete es ihm gute Dienste. Er schlang die Peitsche um die Hosenbeine des Gangsters. Der stürzte und wälzte sich über den Boden. Die vier Knickerbocker schleiften ihn von der Tür weg und nahmen ihm seine Pistole ab. Dominik rannte in den Gang hinaus und löschte das Licht. Das Haus lag wieder im Halbdunkel, denn im Zimmer der Knickerbocker gab es keine Lampe.

Nachdem Dominik zurückgekehrt war, brüllten alle vier wie am Spieß. Es dauerte ungefähr eine Minute, bis sich in der Villa etwas rührte und Signor Salmones Butler zum Nebenhaus geeilt kam. Ihm folgte schnaufend und schwitzend sein Herr und Meister höchstpersönlich. Beide riefen immer wieder einen Namen, und als der Kaugummi-Kauer den Kopf hob, wussten die Junior-Detektive, dass er gemeint war. Bisher war alles gut gegangen. Aber würden auch die beiden anderen auf den Trick hereinfallen? Und hatten sie dann alle beseitigt?

„Vorsicht, sie sind da!“, warnte Dominik, der Späher. Gleich darauf herrschte in dem Haus Stille.

Die Tür wurde aufgerissen und der Butler trat ein. Er rief wieder etwas und Kaugummi-Charly stöhnte laut. Zitternd und mit angehaltenem Atem pressten sich Axel, Lilo, Poppi und Dominik hinter der Tür an die Wand. Sie hatten keine andere Möglichkeit als abzuwarten, bis sowohl der Butler als auch Signor Salmone im Zimmer waren. Erst dann konnten sie zuschlagen.

Langsam und sehr vorsichtig näherte sich der Diener. Er verstand nicht, wieso er von dem Ganoven keine klare Antwort bekam. Dieser brachte durch das Salz in seinem Hals nämlich nur ein heiseres Krächzen und Röcheln hervor.

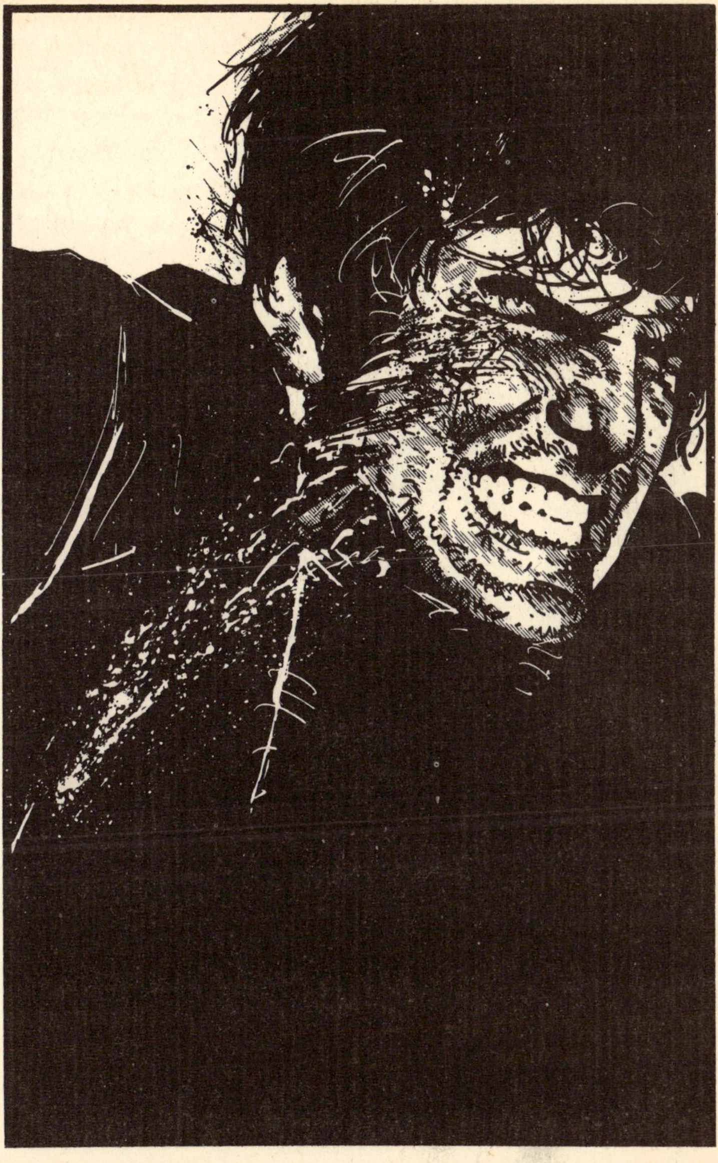

Am Schnaufen erkannte die Knickerbocker-Bande, dass nun auch Signor Salmone im Haus eingetroffen war. Die vier Junior-Detektive flehten innerlich, dass die beiden Männer sie nicht entdecken würden. Vor allem wollten sie jetzt etwas wagen, das auch ins Auge gehen konnte. Dominik und Axel knipsten nämlich gleichzeitig ihre Taschenlampen an und leuchteten auf den liegenden Gangster.

Der Butler und Signor Salmone stießen einen entsetzten und aufgebrachten Schrei aus und wollten ihm zu Hilfe eilen. Doch plötzlich hatten sie das Gefühl, als würde ihnen der Boden unter den Füßen weggezogen. Sie gerieten ins Straucheln, rutschten auf dem Linoleum wie auf Glatteis aus und landeten hart auf ihren Hinterteilen. Poppi hatte nämlich das Olivenöl gründlich verteilt und damit den Boden in eine Rutschbahn verwandelt.

Bevor die beiden Männer noch überrissen hatten, was geschehen war, sausten die Knickerbocker schon aus dem Zimmer und versperrten die Tür. Bisher hatte alles nach Plan geklappt. Der Kaugummi-Onkel hatte nämlich den Schlüssel stecken lassen.

Um zu der Villa zu gelangen, rannten die vier Freunde nicht über den Kiesweg. Sie wählten den Schutz der Bäume und Hecken und schlichen auf Umwegen zu dem riesigen Haus. Als sie die Halle betraten, verharrten sie einige Augenblicke und lauschten. Kein Laut! Es schien sich tatsächlich niemand hier zu befinden.

Axel rannte los zur Kammer, in der er Antonello vermutete. Er schloss auf und konnte gerade noch rechtzeitig „Ich bin es, Axel!“ rufen. Sonst hätte ihn die Faust des jungen Italieners voll am Kopf getroffen. Antonello hatte nämlich beschlossen sich zu wehren. Um jeden Preis. Er wollte den Nächsten, der kam, niederschlagen. Um ein Haar wäre es Axel gewesen.

Im Nebengebäude ging das Licht an. Für die Knickerbocker war es das Schlimmste, was geschehen konnte. Licht hieß: Die Männer hatten sich befreien können. „Wohin jetzt?“, rief Dominik. „Wir müssen weg!“

„Zum Strand hinunter!“, entschied Axel. Seine Überlegung lautete: Unten am Strand ist es nun sicher dunkel. Dort können wir am einfachsten und vor allem ungesehen flüchten und untertauchen.

Die Bande und Antonello durchquerten das weitläufige Wohnzimmer, rissen die Glastür auf, die zur Terrasse führte, und stürmten zum steinernen Geländer.

„Und jetzt? Wo geht es zum Strand hinunter?“, schrie Lilo ihren Kumpel an. Axel blickte sich hektisch um. Daran hatte er nicht gedacht. Als er vor einigen Stunden zum ersten Mal hier gestanden hatte, hatte er weder eine Treppe noch eine Leiter gesehen. Den Steilhang auf den Schuhsohlen nach unten zu rutschen war auf jeden Fall zu gefährlich.

„Blöde Idee, vergiss sie!“, rief Antonello. „Wir sind komplette Idioten. Wieso fahren wir nicht mit dem Wagen fort?“ Wie auf Kommando stürmten die vier Freunde und der junge Italiener zurück ins Haus. Aber bereits nach wenigen Schritten fiel Antonello ein, warum auch dieser Plan nicht zu verwirklichen war. Die Wagenschlüssel! Er besaß sie nicht! Die Gangster hatten ihn aus dem Wohnmobil gezerrt und ihn gezwungen, die Schlüssel stecken zu lassen.

Lieselottes Cousin wollte gerade den anderen seine schrecklichen Gedanken mitteilen, als die vier plötzlich stehen blieben und er auf sie prallte.

Jemand versperrte ihnen den Weg!

Alles verloren?

Die Stimmen des Kaugummi-Kauers, von Signor Salmone und dessen Butler kamen näher. Die drei redeten laut und wild durcheinander.

Vor Axel, Lilo, Poppi, Dominik und Antonello stand – mitten im Wohnsalon der Villa – die dunkle Gestalt mit der Karnevalsmaske. Es war dieselbe Person, die bei Signor Baldi eingebrochen und Axel im Totenkeller bedroht hatte. Diesmal hielt der Angreifer aber keine Drahtschlinge in der Hand, sondern die Wagenschlüssel. Lockend ließ er sie um den Zeigefinger kreisen, der in einem schwarzen Handschuh steckte.

„Geben Sie die Schlüssel her!", rief Antonello und wollte sic sich nehmen. Blitzschnell ließ sie der Mann mit der Maske unter seinem Umhang verschwinden. „Zuerst ... Pizza-Schlüssel", stieß er heiser hervor.

„Er will den Schlüssel zur Gruft gegen die Autoschlüssel tauschen", japste Lieselotte.

„Gebt sie ihm! Der Kaugummi-Kauer kommt! Ich glaube, er sieht schon wieder was!", warnte Dominik. Verzweifelt starrte er in die Dunkelheit des Gartens. Die drei Männer waren aus dem Lichtschein, der aus dem Nebengebäude fiel, verschwunden. Hatte er sich verschaut oder hatte der Kaugummi-Kauer wieder eine Waffe in der Hand gehalten?

Axel zögerte einige Sekunden. „Rück sie raus!", zischte ihm Lieselotte zu. „Es hat keinen Sinn!" Fast dankbar riss der Junge seinen Brustbeutel auf und zog die drei Pizza-Schlüssel heraus, die die Knickerbocker bisher bekommen hatten. Axel war aber misstrauisch und wagte es nicht, sie dem Unbekannten in die Hand zu geben. Deshalb warf er sie ihm zu.

„Und jetzt die Autoschlüssel!“, rief Antonello. Hinter ihnen, auf der Terrasse, klirrten die metallenen Gartenstühle. Der Kaugummi-Kauer war also im Anmarsch.

Mit einer schnellen Handbewegung schleuderte der Mann mit der Maske die Wagenschlüssel zu Antonello. Dieser fing sie auf und rief: „Los, weg! Alle mir nach! Tempo! Avanti!“ Das brauchte er nicht zweimal zu sagen. Die Müdigkeit und die Erschöpfung waren vergessen. Wie die Windhunde rasten die Knickerbocker-Freunde hinter Lieselottes Cousin aus der Villa durch den Park. Sie kletterten über das Gittertor und atmeten erleichtert auf, als sie das Wohnmobil noch immer neben der Gartenmauer parken sahen.

Die Junior-Detektive und Antonello hechteten hinein, der junge Italiener ließ den Motor an, trat auf das Gaspedal und mit quietschenden Reifen raste er los. Aufgeregt spähten Lilo und Axel durch die Heckscheibe. Folgte ihnen jemand? Wohin war der Mann mit der Maske verschwunden?

Hinter ihnen herrschte Dunkelheit. Schwarze Nacht, sonst nichts. Das bedeutete: Sie hatten die Verfolger abgehängt und konnten untertauchen. Die Schlüssel zur Gruft des Baron Pizza waren allerdings verloren.

Obwohl Antonello – genau wie die Junior-Detektive – am Ende seiner Kräfte war, fuhr er so lange, bis sie Rom erreicht hatten. „In Neapel hat Signor Salmone viel zu viele Verbündete und Gehilfen. Ich bin sicher, er ist der Kopf einer Mafia-Bande. Wir müssen untertauchen, damit er unsere Spur verliert.“

Als Antonello auf der Autobahn tanken musste, verständigte er von einem Telefonautomaten aus die Polizei in Neapel. Er schilderte die Ereignisse des vergangenen Tages und dank Dominiks großartigem Gedächtnis konnte er sogar die Autonummern der Busse nennen, in denen die Kinder zu den Einsatzorten gebracht wurden. „Die Polizei hat Andeutungen gemacht, dass sie Signor Salmone schon längere Zeit beobachtet und nur den richtigen Augenblick abgewartet hat, um zuzuschlagen. Mit ein bisschen Glück können sie ihm nun nachweisen, dass er die Kinder wie Sklaven hält und für sich stehlen lässt. Damit könnte er festgenommen und angeklagt werden."

Woher der Mann seinen Reichtum hatte, war der Knickerbocker-Bande klar. Wie ein Mensch so skrupellos, brutal und herzlos sein konnte, verstanden sie allerdings nicht.

In Rom angekommen, suchte Antonello eine Pension, die um diese Nachtzeit noch geöffnet hatte. Es dauerte eine Weile, bis sie eine gefunden und drei Zimmer bekommen hatten. Zum Glück besaßen die Räume Verbindungstüren, die sie offen ließen, um sich sicherer zu fühlen. Gemeinsam waren sie stark – das wussten die Knickerbocker!

Draußen dämmerte es allerdings bereits, als Lilo, Poppi, Axel und Dominik in einen leichten Schlaf fielen. Die Aufregungen, die Ängste und Schrecken hockten wie schwarze Vögel über ihnen und hackten immer wieder zu. Erst am späten Vormittag kamen die vier Freunde wirklich zur Ruhe und schliefen tief und fest bis in den Abend hinein.

Antonello lud die Bande zum Essen in ein sehr hübsches kleines Restaurant ein, wo sie sich quer durch die Speisekarte kosteten. Makkaroni, Fusilli (gedrehte Nudeln), Ravioli (gefüllte Teigtaschen), Fettuccine (grüne Nudeln) und Penne (kurze Makkaroni) mit Fleischsoßen, Tomatensoßen und Käsesoßen ließen sich die vier schmecken. Mit einer großen Portion Tiramisu beendeten sie das Mahl. „Habt ihr übrigens gewusst, dass Tiramisu aus einem Käse hergestellt wird?", fragte Antonello. Die Knickerbocker verneinten. „Ist aber so. Aus Mascarpone", erklärte der Italiener.

„Wie soll jetzt alles weitergehen?", fragte Lilo die anderen. Antonello wusste sofort eine Antwort: „Wir fahren auf der

Stelle zurück nach Sizilien." Aber davon wollten die Junior-Detektive nichts wissen. „Zumindest müssen wir vorher die Signora warnen, die den vierten Schlüssel besitzt", meinte Dominik.

Gleich nach ihrer Rückkehr ins Hotel versuchten die Knickerbocker Adresse und Telefonnummer von Signora Lucia Bellina herauszufinden. Der Portier der Pension überreichte ihnen beides bereits nach kurzer Zeit auf einem Zettel.

Antonello übernahm wieder das Telefonieren. Lucia Bellina meldete sich, und an Antonellos erstaunten Reaktionen konnten die vier Freunde erkennen, dass sie ihm einige aufregende Dinge mitteilte. Als er aufgelegt hatte, berichtete er: „Schlüssel Nummer vier befindet sich auch schon im Besitz des Mannes mit der Maske. Signora Bellina wurde heute Nachmittag in ihrem Laden von ihm überfallen."

„Laden? Was verkauft sie?", wollte Lieselotte wissen.

„Antiquitäten", antwortete Antonello. „Übrigens möchte sie euch morgen am Vormittag treffen. Sie hat als Treffpunkt das Kolosseum vorgeschlagen."

Äußerst gespannt betrat die Knickerbocker-Bande am nächsten Tag das römische Kolosseum. Es handelte sich um einen mächtigen Steinbau, der in früheren Zeiten bis zu 50 000 Menschen Platz geboten hatte. In diesem Stadion verfolgten die alten Römer die grausamen und blutigen Gladiatorenkämpfe, bei denen Gefangene miteinander oder mit wilden Tieren um Leben und Tod kämpfen mussten.

In dieser Arena wurden aber auch Seeschlachten abgehalten. Zu diesem Zweck konnte die Fläche in der Mitte geflutet und in ein Monster-Wasserbecken verwandelt werden.

Später diente das Kolosseum als Steinbruch, aus dem Edelleute Baumaterial für ihre Prunkvillen holen ließen. Aber auch in 2000 Jahren hatten sie es nicht geschafft, das riesige

Gebäude verschwinden zu lassen. Noch immer sind große Teile erhalten und lassen erahnen, wie dieser Bau früher einmal ausgesehen hat.

Signora Bellina erwartete die Knickerbocker-Bande und Antonello in einer steinernen Nische, die sie Lilos Cousin genau beschrieben hatte. Sie war eine mittelgroße, stämmige Frau mit langem, rot gefärbtem Haar. Viel war davon allerdings nicht zu erkennen, da sie ein gelbes Kopftuch trug. Ihr Gesicht war stark geschminkt und wirkte steif wie eine Maske.

Lucia Bellina sprach kein Wort Deutsch und unterhielt sich deshalb nur mit Antonello, der immer wieder einige Gesprächsfetzen für die Junior-Detektive übersetzte. Im Wesentlichen berichtete die Römerin, dass sie Angst hatte. Seit sie den Brief mit dem Pizza-Schlüssel erhalten hatte, lebte sie in Furcht.

Baron Pizza war nämlich ein äußerst geheimnisvoller Mann gewesen. Niemand hatte ihn je zu Gesicht bekommen, aber Kunstsammler und Kenner wussten, dass er Kunstschätze, Bilder und Antiquitäten von unfassbarem Wert besessen haben soll. Signora Bellina war klar, dass Gauner Jagd auf den Schlüssel machen würden.

Außerdem schilderte sie Antonello ihre Verzweiflung. Sie hielt Baron Pizza für einen Kunstliebhaber, dessen gesammelte Schätze nun wahrscheinlich in Tresoren verschwanden und für die Öffentlichkeit nie wieder zugänglich waren. Nachdem Lilos Cousin diese Worte übersetzt hatte, bat ihn das Mädchen, folgende Frage zu stellen: „Weiß Signora Bellina, wo sich die geheimnisvolle Gruft befindet?“

Kaum hatte sie ausgesprochen, plapperte die Frau schon los. Antonello nickte und murmelte immer wieder nur ein schüchternes „Sì … sì …!“

„Morgen Mittag wird eine weiße Taube, deren Schwanzfedern ein Rad bilden, auf dem Markusplatz in Venedig landen.

An ihrem Fuß hängt eine Kapsel, die die genaue Adresse beinhalten wird."

Grußlos verschwand die Frau. Sie drehte sich einfach um und tauchte zwischen dem Gemäuer unter.

Antonello blickte Axel, Lieselotte, Poppi und Dominik lange und streng an. „Ende dieses Abenteuers!", sagte er bestimmt. „Wir fahren morgen früh nach Sizilien zurück. Ihr werdet ab sofort eure Nasen aus dieser Sache halten, verstanden?" Artig nickten die vier. War der Fall Baron Pizza wirklich schon abgeschlossen?

Flucht nach Venedig

Am nächsten Tag in der Früh verstauten die Knickerbocker ihre kleinen Koffer und Rucksäcke im Wohnmobil. Antonello beglich die Hotelrechnung und drängte zum Aufbruch. Axel, Lilo, Poppi und Dominik ließen sich auf ihren Sitzen nieder und der junge Italiener schob sich hinter das Lenkrad.

„Ich habe meinen Ring im Zimmer vergessen!", rief Poppi plötzlich und sprang wieder hinaus. Antonello und der Rest der Bande verdrehten die Augen und schnaubten ärgerlich. Da es im Wagen ziemlich heiß war, stiegen sie noch einmal aus und schlenderten auf dem Gehsteig hin und her. Sie blickten in die Auslagen der Geschäfte und warteten ungeduldig auf Poppis Rückkehr. Aber das Mädchen kam nicht.

„Ich gehe nachsehen", sagte Antonello nach einer Weile und steuerte in Richtung Hotel. Axel, Lieselotte und Dominik spazierten weiter und beschlossen, sich ein Eis zu organisieren.

Als hinter ihnen ein Auto gestartet wurde, dachten sie sich nichts dabei. Mehr zufällig als beabsichtigt drehte sich Dominik um und im ersten Schreck blieb ihm der Mund offen stehen. „Diebe! Halt!", schrie er nach einigen Schocksekunden. Antonello hatte unvorsichtigerweise nicht nur das Wohnmobil offen stehen lassen, sondern auch die Zündschlüssel stecken lassen. Diese Gelegenheit ließen sich zwei Männer nicht entgehen. Sie waren in das Auto gesprungen, hatten es gestartet und fuhren los. Der Motor heulte auf, die Räder drehten durch, und Hupen heulten auf, als sich die Wagendiebe brutal in das Verkehrsgetümmel zwängten.

Die drei Knickerbocker machten einige verfolgende

WHAM

Schritte, blieben dann aber stehen. Nachlaufen hatte ohnehin keinen Sinn.

Als das Wohnmobil ungefähr 150 Meter entfernt, aber noch immer zu sehen war, geschah es: Ein heftiger Knall ertönte und eine Stichflamme sauste aus dem hinteren Teil des Wagens. Die beiden Gangster sprangen erschrocken heraus und flüchteten. Flammen loderten aus dem Auto und der Verkehr rundherum kam zum Erliegen.

„Eine Bombe! In Antonellos Wagen war eine Bombe!“, kreischte Lieselotte. „Wir wären ... in die Luft geflogen ... wenn Poppi nicht ...!“ Wieder krachte es und eine riesige Stichflamme schoss in die Höhe. Der Tank des Wohnmobils war explodiert und hatte den Wagen komplett zerrissen.

Antonello kam aus dem Hotel gestürzt. Er war leichenblass im Gesicht und stürmte zu den drei Knickerbocker-Freunden. Er packte sie und stieß sie in ein Taxi, das vor dem Hotel auf einen Fahrgast wartete. „Aeroporto!“, rief er dem Fahrer zu. Dann hastete er mit Riesenschritten in die Hotelhalle zurück und kehrte mit Poppi zurück. Das Mädchen verstand nicht, wieso er es am Kragen gepackt hatte und nachzerrte. Poppi schlug um sich und protestierte. Antonello stopfte sie auf die Rückbank, schlug die Tür zu, setzte sich neben den Taxichauffeur und wiederholte das Ziel der Fahrt. Aeroporto – der Flughafen.

„Das ... das war ein Anschlag, nicht wahr?“, flüsterte Lieselotte, der der Schock noch in allen Knochen steckte. Antonello nickte. „Das war ein Gruß von Signor Salmone. Er hat uns aufgestöbert und wollte sich rächen.“

Axel wischte sich den Angstschweiß von der Stirn, während er fragte: „Und jetzt? Wohin willst du?“

Antonello biss sich auf die Lippen und überlegte: „Irgendwohin! Nur weg! Weg von hier! Salmone und seine Männer dürfen uns nicht verfolgen können.“

Als die Knickerbocker-Bande und Lilos Cousin am Flugplatz eintrafen, war ihr erstes Ziel die Abflugtafel. Wann startete die nächste Maschine und wohin flog sie?

„München“, las Dominik. „In einer halben Stunde!“ Antonello raste zum Ticketschalter der Fluglinie und kam mit enttäuschtem Gesicht zurück. „Ausgebucht! Die Auslandsflüge der nächsten drei Stunden sind alle voll.“ Dominik schüttelte den Kopf. „Na, dann nehmen wir doch einen Inlandsflug“, schlug er vor. Er verstand nicht, wieso Erwachsene wie Antonello nie auf die einfachsten Ideen kamen.

„Der nächste Inlandsflug ... ist ein Flug nach Venedig“, meldete Lieselotte. In diesem Flugzeug waren auch noch Plätze frei und Antonello erstand fünf Flugkarten.

Als die Maschine über die Startbahn raste und sich in die Luft erhob, sanken die vier Junior-Detektive und Antonello in die weichen Sitze und atmeten tief durch. Erst jetzt wurde ihnen so richtig klar, welcher Katastrophe sie entgangen waren. Den Bombenanschlag hätten sie wahrscheinlich nicht überlebt. Poppis Vergesslichkeit verdankten sie vermutlich ihr Leben.

„Die Passagierlisten!“, fiel Lieselotte plötzlich ein. „Da stehen doch unsere Namen. Wenn Signor Salmone nachforschen lässt, weiß er, wo wir hinfliegen.“

Antonello lächelte. „Weiß er nicht, Signora Verdi.“ Lieselotte verstand ihren Cousin nicht. „Ich habe die Tickets alle auf den Namen Verdi gebucht“, erklärte Antonello ihr. „Wir fliegen inkognito.“

Und wir fliegen in die Stadt, in der es ein Rätsel zu lösen gibt, das ich unbedingt knacken möchte!, schoss es dem Superhirn durch den Kopf. Der Zufall will, dass wir weiter forschen, sagte sich Lilo. Und dann werden wir es auch tun.

In Venedig angekommen, bestiegen die Knickerbocker

und der junge Italiener ein Schiff und ließen sich in die Stadt bringen. In Venedig gibt es nämlich keine Asphalt-, sondern nur Wasserstraßen, auf denen Motorboote und Gondeln unterwegs sind.

Venedig war wie aus einer anderen Welt. Der Zauber dieser Stadt ließ die Junior-Detektive ein wenig die erlebten Schrecken vergessen. Sie bestaunten die alten, manchmal schon halb verfallenen Paläste und die schwarzen Gondeln, die von geschickten Gondolieri durch die Kanäle gelenkt wurden. „Venedig droht eines Tages im Wasser zu versinken", erzählte Dominik seinen Freunden. „Die Stadt ist auf Millionen von Baumstämmen gebaut, die immer weiter absinken. Seit der Gründung der Stadt ist sie schon drei Meter abgesackt."

Wieder fuhr das Motorboot-Taxi unter einer der vielen Brücken durch und bog auf Antonellos Anweisung in einen engen Seitenkanal ein. Der Kapitän hielt vor steinernen Stufen, die direkt ins Wasser führten. Über sie gelangte man zu einem windschiefen Tor, neben dem eine verwitterte Metalltafel angebracht war. HOTEL ALBERTO war darauf zu lesen.

Antonello scheuchte die Knickerbocker-Bande in das Haus, in dem es kühl und still war. Der Portier schlief hinter der Rezeption. Lilos Cousin ließ seine Hand auf eine kleine Glocke sausen und schreckte ihn auf. Als der Mann Antonello erblickte, brach er in lautes Jubelgeheul aus, umarmte ihn und presste ihn an seine Brust.

Es handelte sich – wie Antonello den vier Freunden erklärte – um Alberto höchstpersönlich. Er war Hotelbesitzer und Portier in einer Person und überdies ein guter Freund von Lilos Cousin. „Ihr geht jetzt auf das Zimmer, das euch Alberto zeigt, und bleibt dort, bis ich zurück bin", schärfte Antonello der Bande ein.

„Und wohin gehst du?“, wollte Axel wissen.

„Zur Polizei. Zur Kriminalpolizei. Wir brauchen Schutz!“, sagte Antonello schnell und leise. Er wollte nicht, dass Poppi seine Worte hörte. Sie sollte sich nicht unnötig aufregen.

Im düsteren Zimmer angekommen, ließen sich die vier in die hohen, altmodischen Betten sinken und seufzten. War das ein Abenteuer!

„Aber jetzt sind wir in Sicherheit!“, sagte Dominik. „Nun kann uns nichts mehr geschehen. Signor Salmone hat bestimmt unsere Spur verloren.“

Dieser Meinung waren auch die anderen. „Leute, es ist Mittag!“, sagte Lilo beiläufig.

Axel, Dominik und Poppi blickten sie verwundert an. „Du hast Recht“, pflichtete Dominik ihr bei. „Ich verspüre Hunger!“

Lieselotte schüttelte den Kopf. „Das meine ich nicht. Ich denke vielmehr an Baron Pizza. Am Mittag soll doch die weiße Taube auf dem Markusplatz landen, die die Nachricht bringt, wo die Gruft zu finden ist. Warum suchen wir sie nicht? Vielleicht können wir jemanden beobachten, der die Taube fängt. Das muss der Dieb sein, der alle Pizza-Schlüssel an sich gebracht hat!“

Die anderen schwiegen. Sie waren erst vor wenigen Stunden einem Bombenanschlag entkommen. Sollten sie sich wirklich schon wieder in die nächste Gefahr begeben? Lieselotte meinte: „Den vier Leuten, die die Schlüssel erhalten haben, scheinen Baron Pizza und sein Erbe herzlich egal zu sein. Aber es hat einen Grund, wenn jemand einen so komplizierten Weg einschlägt. Ich meine, wer auch immer dieser Baron Pizza war, er hat sich bei seinem letzten Willen etwas gedacht. Ich scheine die Einzige zu sein, die davon überzeugt ist. Irgendwie möchte ich verhindern, dass die Erbschaft jemandem in die Hände fällt, der sie ergaunert hat, und genau das hat der Mann mit der Maske getan."

Axel überlegte kurz und sagte: „Lilo hat Recht. Wenn wir das einfach geschehen lassen, dann sind wir ziemliche Jammerlappen. Wir müssen ja nicht eingreifen, sondern nur beobachten ..." Damit waren auch die anderen beiden einverstanden.

Die Knickerbocker-Bande lief die breite Treppe nach unten und schlich auf Zehenspitzen an Alberto vorbei, der bereits wieder tief und fest schlummerte. Diesmal verließen sie das Hotel allerdings durch den Vordereingang, der an einem breiten Kanal lag. „Piazza San Marco?", fragte Dominik eine Frau, die er für eine Venezianerin hielt. Die Frau fuchtelte mit den Händen wild durch die Luft, zeigte hierhin und dorthin und das einzige Wort, das der Junge verstand, war „Vaporetto". Das bedeutete: Boot-Bus. Die Bande entdeckte bald eine Anlegestelle und bestieg das nächste Vaporetto, das vorbeikam. Sie hatten Glück. Von einem deutsch sprechenden Touristen erfuhren sie, dass das Schiffchen tatsächlich unterwegs zum Markusplatz war. Ihre Spannung wuchs. Würden sie die weiße Taube finden? Wer – außer ihnen – würde noch nach dem Vogel suchen?

Der geheimnisvolle Garten

„Ich glaube, mein Goldfisch grunzt!“, stieß Axel aus, als er seinen Blick über den Markusplatz schweifen ließ. „Wie sollen wir hier jemals die weiße Taube finden?“ Auf dem Platz wimmelte es nämlich nicht nur von Menschen, sondern auch von Tauben. Hunderte, tausende der Vögel trippelten über das Pflaster, kamen keck zu den Touristen, ließen sich knipsen und füttern.

Die Tiere hatten vor nichts und niemandem Respekt. Sie hockten auf den Figuren an der Fassade des Markus-Domes und sogar auf dem Wahrzeichen von Venedig, dem venezianischen Löwen, der von einer hohen Säule auf die Touristen herabsah.

Lieselotte warf einen Blick auf die Uhr. Es war bereits kurz nach halb zwei. Mittag war eigentlich vorbei. Wahrscheinlich hatte der Mann mit der Maske schon längst zugeschlagen und die Botschaft der Taube geholt.

Die vier Junior-Detektive beschlossen, den Platz zu durchkämmen. Vielleicht hatten sie Glück und entdeckten den weißen Vogel! Sie stellten sich im Abstand von einigen Metern nebeneinander auf und marschierten langsam los. Auf diese Art entging ihnen kein Tier.

Das heißt, ganz so war es auch nicht, da die Tauben von Zeit zu Zeit aufflatterten und sich vermischten.

„Aussichtslos!“, seufzte Lilo nach einer Weile und richtete sich auf. Vom dauernden Auf-den-Boden-Starren war ihr Kreuz steif geworden. „Völlig aussichtslos!“, stellte sie abermals fest.

„Nein!“, rief Poppi in diesem Moment. „Nein, dort drüben ... seht ihr die weiße Taube, deren Schwanzfedern aufgestellt sind? Sie sehen wie die Federn eines Federballes aus. Das ist sie. Sie hat eine blaue Kapsel um das Bein gebunden." Poppi ging in die Hocke und watschelte langsam auf die weiße Taube zu. Sie streckte die Hand aus und gurrte lockend.

Bald war sie nur noch einen halben Meter von dem Vogel entfernt und schließlich konnte sie die Hand ausstrecken und die Taube fassen. Das Tier ließ alles mit sich geschehen. Es schien sich um eine äußerst zahme Taube zu handeln.

Mit zitternden Fingern öffnete Lieselotte die Kapsel und zog einen winzigen Fetzen Seidenpapier heraus. Mit krakeligen Buchstaben stand eine Botschaft auf Italienisch darauf. Dominik schnappte den Zettel und lief zu einem kleinen Mann, der einer Gruppe deutscher Touristen gerade alles über den Markusplatz erzählte. Seinem Akzent nach handelte es sich um einen Italiener und deshalb bat ihn der Junge, den Text zu übersetzen.

Etwas verwundert tat es der Fremdenführer: „Hier steht: Treffpunkt Villa Mimosa, in der Nähe der Rialtobrücke. Acht Uhr am Abend. Gondel bringt Sie zur Gruft." Dominik bedankte sich und eilte zu seinen Kumpels zurück. „Die Rialtobrücke ist eine besonders kunstvoll verzierte, lange, weiße Brücke", überlegte er laut. „Und diese Villa Mimosa wird wahrscheinlich ein Hotel sein." Lieselotte knetete ihre Nasenspitze und brummte: „Wir werden dort sein."

Antonello bekam vom Ausflug der Knickerbocker-Bande nichts mit. Als er in das Hotel zurückkehrte, waren die vier Freunde längst wieder auf dem Zimmer. „Wir müssen uns keine Sorgen mehr machen", berichtete er. „Die Polizei wird uns für die Heimreise nach Sizilien Schutz geben. Wahrscheinlich werde ich euch aber gar nicht mehr mitnehmen. Es ist besser, wenn ihr morgen mit dem Flugzeug nach Hause zurückkehrt."

Die vier nickten und protestierten nicht. Ihre Gedanken waren woanders. Sie hatten beschlossen, Lieselottes Cousin nicht in ihre Pläne einzuweihen, weil er sicher etwas dagegen einzuwenden gehabt hätte. Sie wollten aber unbedingt das Geheimnis der Gruft des Baron Pizza lüften.

Aus diesem Grund drängten sie auf ein zeitiges Essen am späten Nachmittag und um sieben Uhr begannen Axel, Lilo, Poppi und Dominik bereits heftig zu gähnen. So schnell sie konnten – ohne dass Antonello Verdacht schöpfte –, zogen sie sich in ihr Zimmer zurück.

Als sie hörten, dass auch der Italiener in sein Zimmer ging, warteten sie ein paar Minuten, um dann auf Zehenspitzen fortzuschleichen.

Alberto schlief. Er schien das den ganzen Tag und die ganze Nacht zu machen. Sein Tiefschlaf erleichterte es der Bande sehr, unbemerkt zu entkommen. Zum Glück hatten sie noch genug Geld eingesteckt, um sich ein Boot-Taxi leisten zu können, das sie zur berühmten Rialtobrücke brachte. Der Fahrer kannte sogar die Villa Mimosa und zeigte ihnen das Gebäude.

Es handelte sich um einen Palazzo, wie es in Venedig hunderte gab. Eines unterschied ihn aber doch von den anderen: Vor seinem Eingang, am Rande des Kanals, schaukelte eine geschlossene Gondel. Der Gondoliere trug – wie alle Gondolieri der Stadt – eine dunkle Hose und ein blau-weiß gestreiftes T-Shirt. Auf seinem Kopf saß ein kleiner Strohhut, der zu einem echten venezianischen Gondoliere gehörte. Steif und starr wie eine Statue stand er auf dem hinteren Ende des Bootes und wartete.

Die Knickerbocker-Bande ging hinter einem Kiosk in Deckung und tat das Gleiche. Sie warteten darauf, wer kommen würde.

Aber sie wurden enttäuscht. Niemand erschien. Es wurde

acht Uhr. Nichts! Die Zeiger ihrer Uhren rückten auf Viertel nach acht. Noch immer nichts. Um halb neun gab der Gondoliere auf. Er ruderte los.

Lilo gab ihren Freunden einen Wink, ihr zu folgen, und bestieg eine Gondel, die ein Stück entfernt im Wasser schaukelte. Mit den Händen bedeutete sie dem Gondoliere, der anderen Gondel zu folgen. Etwas verwundert tat es der Mann.

Die Fahrt dauerte 45 Minuten und endete vor einer verwitterten, düsteren Mauer, in die eine winzige Holztür eingelassen war.

Der Gondoliere, den sie verfolgten, befestigte seine Gondel an einem blau-weiß gestrichenen Holzpfahl, dessen oberes Ende geschnitzt und vergoldet war. Er sprang auf die kleine Steinplatte vor dem Tor, schloss auf und öffnete die kleine schwarze Tür des Gondelaufbaues.

Die Knickerbocker erstarrten. Es befand sich jemand in der Gondel.

Die vier Junior-Detektive bekamen glühend rote Ohren, als der Gondoliere eine Laterne anzündete und dem nächtlichen Besucher damit den Weg leuchtete. Eine dunkle Gestalt in einem flatternden Umhang entstieg der überdachten Gondel. Für einen Augenblick drehte sie das Gesicht in Richtung der Verfolger.

„Der Mann mit der Maske!“, japste Axel. Wie ein Schatten verschwand der Mann durch die Tür. Die Laterne nahm er mit. Der Gondoliere stieß mit dem Ruder ab und verschwand.

Die Knickerbocker-Freunde mussten nun ihr gesamtes Vermögen zusammenkratzen, um ihren Gondoliere bezahlen zu können. Ohne sich den Kopf über die Rückfahrt zu zerbrechen, stiegen sie aus und gingen zu der Holztür. Sie war nicht verschlossen.

Lieselotte drückte sie ein Stückchen auf und spähte durch den schmalen Spalt. Hinter der Mauer erstreckte sich ein düsterer Garten. Die Bäume waren verwildert und verwachsen und bildeten mit ihren Ästen ein Dach, unter dem kaum etwas zu wachsen schien.

Moment, wieso ist es im Garten eigentlich so hell?, schoss es dem Mädchen durch den Kopf. Die Gegend vor der Mauer lag schließlich bereits im Halbdunkel.

Als Lilo ihren Kopf etwas weiter hineinsteckte, erkannte sie den Grund. Rund um ein winziges Haus, das einer Kapelle glich, flackerten hunderte Kerzen. Sie standen auf hohen, mehrarmigen Leuchtern oder waren teilweise in den Ästen der Bäume befestigt.

Die Kapelle war offen und auch in ihrem Inneren erleuchtet. Lilo bekam weiche Knie. Aus dem Boden des Häuschens ragten vier Hände, die verzweifelt nach etwas zu greifen schienen. Flehend waren sie nach oben gestreckt.

Ab in die Gruft

Nun waren auch die Köpfe der anderen drei Junior-Detektive über oder unter Lilos Zöpfen aufgetaucht und blickten in Richtung Gruft.

„Die … die Hände … sind das Menschen? Liegen die dort begraben?“, fragte Poppi leise. Sie gab sich große Mühe, das Zittern in ihrer Stimme zu unterdrücken.

„Nein, das sind Arme aus Stein oder aus Gips!“, zischte Lieselotte. „Sie kommen aus der Abdeckplatte der Gruft, glaube ich zumindest!“

Die düstere Gestalt im wehenden Mantel stand zögernd vor der Kapelle. Der Mann mit der Maske konnte sich nicht entscheiden, ob er eintreten oder doch besser draußen bleiben sollte.

„Glaubst du, er hat uns gesehen … vorhin?“, wisperte Dominik seinem Kumpel Axel ins Ohr. Der Junge zuckte mit den Schultern. Die Gondel der Knickerbocker hatte an der Ecke eines Palazzos gestanden. Der Maskenmann musste sie nicht unbedingt entdeckt haben.

Auf jeden Fall schien es ihm im Augenblick gleich zu sein, was sich rund um ihn tat. Immer wieder warf er Blicke in das Innere der Kapelle und auf die emporgestreckten Hände. Er machte einen Schritt nach vorn, um gleich darauf wieder zurückzutreten. Schließlich aber fasste er Mut und tappte in die Gruftkapelle. Im Schein der Kerzen sahen die Knickerbocker-Freunde, wie der Maskenmann etwas unter dem flatternden Stoff seines Mantels hervorholte.

„Die Pizzas … das sind die Pizza-Schlüssel“, flüsterte Lieselotte den anderen zu. Langsam – im Zeitlupentempo – streckte der mysteriöse Mann seinen Arm aus und drückte den ersten Schlüssel auf die Handfläche der vordersten Hand. Augenblicklich schlossen sich die anderen Finger darum. Erschrocken sprang der Maskenmann zurück. Die steinerne Hand hatte lebendig ausgesehen. Es war, als hätte sie nach dem Pizza-Schlüssel gegriffen.

Der Mann schien neuen Mut zu fassen und legte Schlüssel Nummer zwei in die nächste Hand. Das Schauspiel wiederholte sich und die kalten, steinernen Finger packten zu. Auf Schlüssel drei folgte Schlüssel vier.

Ein leises Knirschen ertönte. Der Maskenmann wich zurück und trat aus der Kapelle. Er drehte sich im Kreis, sodass sein Mantel in die Höhe flog, und verschwand zwischen den Bäumen.

Die Knickerbocker-Bande wartete auf seine Rückkehr. Eine Minute verging, aber er kam nicht. Fünf Minuten verstrichen. Nichts! Zehn Minuten später war der Mann noch immer verschwunden.

„Ich ... ich halte das nicht mehr aus ... Was hat er gesehen? Was hat ihn vertrieben?“, wisperte Lieselotte. Sie atmete die kühle Nachtluft tief ein, warf den Kopf zurück und schlüpfte durch die Tür in den Garten.

Hinter der Mauer erschien ihr die Nacht kälter als draußen. Es war wie ein eisiger Hauch, der ihr entgegenschlug. Einbildung? Oder Tatsache? Lilo vermochte es nicht zu entscheiden.

Axel, Poppi und Dominik hefteten sich an ihre Fersen. Sie hatten keine Lust, draußen stehen zu bleiben.

Schritt für Schritt tasteten sich die Junior-Detektive näher an die Gruft heran. „Der Deckel mit den Händen ist zur Seite geschwenkt. Die Gruft steht jetzt offen“, meldete das Superhirn seinen Kumpels.

Tatsächlich lag die schwere Marmorplatte nun auf der rechten Grufteinfassung. Die steinernen Hände hielten die Pizza-

Schlüssel eisern umklammert. Sie waren also das Geheimschloss, das nur mit allen vier Schlüsseln geknackt werden konnte.

Axel, Lilo, Poppi und Dominik hatten den Eingang zur Gruftkapelle erreicht und blickten stumm auf das schwarze Loch vor ihnen. Lieselotte schwitzte, als sie die Hand nach einer Kerze ausstreckte und diese aus dem Halter zog. Sie hielt den Arm nach vorn und leuchtete in das schwarze Loch.

„Das … das ist kein Loch, sondern eine Platte. Eine schwarze Platte“, murmelte Dominik.

„Wahrscheinlich eine Plattform, die in die Tiefe sinkt, wenn man draufsteigt“, hauchte Axel.

„Aber wieso ist der Mann mit der Maske geflohen?“, zischte Poppi. Keiner der vier Freunde wagte es, in dieser Umgebung ein lautes Wort von sich zu geben.

Lieselotte konnte nur den Kopf schütteln. Sie hatte keine Ahnung, was den Mann so erschreckt hatte. Es war nichts Schreckliches zu entdecken. Wieso hatte der Mann so viele Anstrengungen auf sich genommen, wenn er nun – kurz vor dem Ziel – einfach kehrtmachte?

„Ich denke, wir sollten …“ Weiter kam Lieselotte nicht. Unvermutet erhielten die vier Knickerbocker von hinten einen Stoß. Die Wucht schleuderte sie nach vorn und sie stürzten in die Gruft. Im Fallen drehte sich Axel um und erkannte hinter ihnen den Mann mit der Maske. Er hielt einen Holzknüppel in beiden Händen. Damit hatte er die Bande niedergeschlagen.

Hart knallten die Junior-Detektive auf die metallene Abdeckplatte. Sie wollten sich sofort wieder aufrappeln, hatten aber keine Gelegenheit mehr dazu. Die vordere Seite der Platte kippte nach unten und sie glitten in die Tiefe. Wie auf der Rutschbahn eines Kinderspielplatzes sausten sie in die unbekannte, Furcht erregende Dunkelheit der Gruft.

Axel, Lilo, Poppi und Dominik schrien nicht. Sie wimmerten und japsten ängstlich und versuchten Halt zu finden. Aber die Fläche unter ihren Hinterteilen war zu glatt und Ränder konnten sie in der Aufregung keine ertasten.

Axel schätzte, dass sie ungefähr fünf Meter nach unten gerutscht waren, als die Bahn endete und sie übereinander auf einem kühlen, feuchten Boden landeten.

„Taschenlampen raus!“, kommandierte Lieselotte. Hastig fingerten die vier in ihren Hosentaschen und knipsten die kleinen Lampen an. Vier Lichtpunkte sausten wie Riesen-Glühwürmchen über die Wände. Lilo schluckte und sagte leise: „Ich glaube, es besteht kein Grund zur Panik. Das ist nur ein gemauertes Grab. Aber hier gibt es nicht einmal einen Sarg.“

Dominik schätzte die Größe des Raumes auf vier mal vier Meter. Er stand auf und ging auf eine der Wände zu. Mit den Fingern tastete er über den feuchten, kalten Stein. Dem Jungen fiel etwas auf: Die Ziegel waren nicht bemoost. Das bedeutete, jemand hatte diese Gruft erst vor kurzem erbaut.

„Und wie kommen wir wieder raus?“, piepste Poppi. Lieselotte leuchtete hinter sich. Die Entdeckung, die sie machte, streifte sie wie ein Blitz. Die Rutschbahn war verschwunden. Sie musste lautlos in die Höhe gezogen worden sein. Jetzt war nur noch eine normale Steinmauer zu erkennen.

„Wozu hat Baron Pizza die Gruft so vorbereitet?“, überlegte Axel laut. „Es muss einen Grund geben.“

„Mich interessiert nur eines“, keuchte Dominik. „Wo ist der Ausgang?“

Er bekam keine Antwort auf diese Frage. Doch dafür ertönte in der Ferne Musik. Es war Spinettmusik aus einer anderen, längst vergangenen Zeit. Verwundert blickten sich die Junior-Detektive um. Was war in der Gruft im Gange?

Albtraum mit offenen Augen

„Lilo … deine Zähne … deine Zähne leuchten!“, schrie Poppi. Die vier Freunde blickten einander an und konnten es nicht fassen. Nicht nur Lieselottes Gebiss strahlte, sondern auch die Zähne der anderen leuchteten weißlich blau. Dominik, der ein weißes Hemd trug, wirkte wie eine lebendige Lampe. Das Weiß des Stoffes verströmte ein sonderbares, kaltes Licht, das einen leicht bläulichen Stich besaß.

„Die Wände … seht nur …!“, rief Axel. Die Knickerbocker-Kumpels drängten sich dicht aneinander und wankten in die Mitte des Raumes. Von hier aus hatten sie den besten Blick auf die gespenstischen Vorgänge rund um sie.

Dabei waren die Ereignisse im Augenblick nicht gruselig. Es war mehr die Ungewissheit, was noch alles auf sie zukommen würde, die sie ängstigte.

Mit weit aufgerissenen Augen starrten die vier Mitglieder der Bande auf die gemauerten Gruftwände. Teile davon drehten sich lautlos, schwenkten vor und zurück und brachten eine freudige Überraschung. „Türen … an der Rückseite der Wände sind Türen!“, jubelte Dominik und stürmte auf eine zu. Doch er prallte nur gegen den kalten Stein.

„Das ist ein Trick!“, warnte Lieselotte die anderen. „Die Türen sind nur aufgemalt!“ Axel konnte sogar erklären, was hier los war. „Das Licht … das ist ultraviolettes Licht. Ich kenne das aus der Geisterbahn. Es bringt Farben und Sachen, in denen Fluor ist, zum Leuchten!“

„In den Zähnen ist Fluor. Ich nehme dafür immer Fluortabletten“, stieß Poppi hervor.

„Ja, deshalb strahlen sie auch so!“, sagte Axel.

Enttäuscht kehrte Dominik zu seinen Freunden zurück. Es

war grausam, ungefähr zehn bunte Türen um sich zu sehen und durch keine flüchten zu können.

Das bläuliche Licht erlosch und für Sekunden lag die Gruft wieder im Dunklen. Mit einem leisen Klick flammten danach kleine Scheinwerfer auf.

„Nein … das packe ich nicht!“, japste Lieselotte.

Im Scheinwerferlicht erkannten die Junior-Detektive alte Ölgemälde, zum Beispiel die Mona Lisa von Leonardo da Vinci. Das Bild hing in einer Mauernische. Gleich daneben stand auf einem Sockel die berühmte Marmorstatue des David, die sonst in Florenz ausgestellt war. Überhaupt hatte sich die Gruft nun in ein Museum verwandelt, in dem ein Kunstwerk neben dem anderen zu bestaunen war.

„Jetzt haben sich … die übrigen Teile der Wände … gedreht“, wisperte Poppi.

„So ist es!“, gab Lieselotte ihr Recht. „Aber ich möchte wissen, was das soll.“

Noch immer erfüllte Spinettmusik den unterirdischen Raum. Die Knickerbocker-Kumpels fassten Mut und gingen auf die Kunstwerke zu. Sie betrachteten sie, staunten und kratzten sich nachdenklich am Kopf. „Wenn das Originale sind, dann sind sie ein Vermögen wert“, meinte Axel.

Ein lauter, donnernder Gongschlag ertönte plötzlich und ein greller Lichtstrahl fiel oben durch die Decke. Die vier Freunde blickten nach oben und entdeckten ein weiteres Bild, das langsam nach unten schwebte.

„Ein Ölbild … das ist ein Ölbild, aber … seht nur … es sieht aus, als hätte es jemand in der Mitte durchgeschnitten. Ich halte das für nur eine Hälfte“, meinte Dominik. Der Lichtstrahl begleitete das ungewöhnliche Kunstwerk, das sich den Köpfen der Bande immer weiter näherte.

Wie ein Magnet zog es die Junior-Detektive an und sie streckten die Hände danach aus. Lieselotte, die die Größte war, konnte danach greifen und berührte es am Rahmen. Die Folge war unerwartet und grauenhaft.

Ein das Trommelfell zerfetzender Schrei ertönte. „Nooooooo!“, kreischte eine schrille Stimme und das Licht in der Gruftdecke erlosch.

Dafür ging eine Grauen erregende Veränderung mit den Kunstwerken vor, die in den Nischen standen. Auch dort verloschen die Scheinwerfer. Dafür begannen die Gemälde und Statuen zu leuchten. Sie strahlten grellgelb und giftgrün und waren mit einem Schlag völlig verändert.

Mona Lisa lächelte nicht mehr, sondern grinste hämisch und hielt eine neunschwänzige Katze (= besonders schmerzhafte Peitsche) in der Hand. Auch David hatte seine Sanftmut verloren und dafür eine Maschinenpistole auf die Knickerbocker gerichtet.

Die übrigen Kunstwerke erschienen nicht weniger bedrohlich. Pistolen, Gewehre, Säbel, Schwerter und Messer blitzten auf. Von allen Seiten starrten böse funkelnde Augen auf Axel, Lilo, Poppi und Dominik. Und nirgendwo gab es etwas, wo sie Schutz suchen konnten.

„Keine Panik! Die Waffen sind nur gemalt!“, wollte Axel seine Freunde beruhigen. Doch da peitschte ein Schuss durch die Nacht. „Auf den Boden!“, schrie Lieselotte. Die vier Knickerbocker warfen sich auf den Bauch und versuchten die Köpfe mit den Armen zu schützen. Über ihnen peitschten Schüsse und klirrten Säbel. Die vier schrien und brüllten vor Angst. Wieso hatten sie sich darauf eingelassen? Warum konnten sie nicht zu Hause bleiben und in Ruhe leben wie ihre Schulkameraden?

Eine Männerstimme begann zu sprechen. Sie klang müde, schwach und wie aus dem Jenseits. Dominik, der äußerst gute Ohren hatte, hatte das Gefühl, dass diese Worte nicht aus einem Mund kamen. Sie hallten und kamen nicht nur aus

einer Richtung. Da die Worte italienisch waren, verstand keiner, wovon die Rede war.

Das Spinett war verklungen. Stattdessen dröhnte nun eine Orgel durch die Gruft. Wer auch immer die Tasten drückte, er wählte nur tiefe, donnernde Töne, die das Mauerwerk zum Erzittern und Beben brachten.

Bis heute weiß Axel nicht wieso. Aber plötzlich hob er frech den Kopf und blickte nach oben. Dabei knallten noch immer Schüsse und rasselten unentwegt Säbel. Der Junge atmete zitternd. „Lilo", rief er dem Mädchen ins Ohr. „Lilo, schau ... die Waffen ... das böse Grinsen ... alles nur Ultraviolett-Effekte! Die Schüsse ... nur Geräusche. Und jetzt weiß ich auch, wie wir hier rauskommen."

„Wie?", wollte das Superhirn wissen. Axel zeigte auf die Wand vor ihnen. Hier hatte sich eine der Drehtüren verklemmt und nicht völlig geöffnet. Der Junge leuchtete mit der Taschenlampe durch den Spalt und das Licht fiel in einen niedrigen Gang. Axel rüttelte Dominik und Poppi und zerrte sie in die Höhe. „Schnell weg, bevor sich die Wände vielleicht wieder drehen und schließen!", rief er. Die beiden jüngeren Mitglieder der Knickerbocker-Bande verstanden zuerst nicht, was los war, und ließen sich von ihrem Kumpel wie störrische Esel nachziehen. Als Axel ihnen den Gang zeigte, kam allerdings wieder Leben in sie und wieselflink schlüpften sie durch die rettende Öffnung.

Kaum hatten die Knickerbocker die Gruft verlassen, waren die Schrecken auch schon viel geringer. Der Lärm der Schüsse und das Dröhnen der Orgel, die Geisterstimme und der Gespensterhall, alles wirkte nicht mehr so bedrohlich.

Die Knickerbocker-Bande überlegte nicht lange, wohin der Gang führen könnte. Er war ihr einziger Ausweg und deshalb liefen die vier Freunde los.

Liliput

Bei der Innenausstattung der Gruft hatte sich der Erbauer nicht lumpen lassen, das stand fest. Beim Gang schien er hingegen gespart zu haben. Es handelte sich um einen Tunnel, der in das Erdreich gegraben und mit einfachen Holzbrettern und Balken abgestützt war. Auch hier herrschte Nässe, und wenn einer der Knickerbocker aus Versehen an der Wand streifte, spürte er sofort die Feuchtigkeit durch den Stoff kriechen.

Axel führte die Gruppe an. Hinter ihm trippelten mit kleinen Schritten Poppi und Dominik. Den Abschluss bildete Lieselotte. Übrigens trippelten Poppi und Dominik nicht deswegen, weil sie kurze Beine hatten, sondern um auf Nummer Sicher zu gehen, auf nichts zu steigen und nicht zu stolpern.

Nachdem sie sich so weit von der Gruft entfernt hatten, dass sie die Gruselgeräusche nicht mehr hören konnten, verlangsamten sie das Tempo. „Wie weit sind wir schon gegangen?", fragte Lilo von hinten.

„Ungefähr fünfzig Meter", antwortete Axel.

„Und wie weit müssen wir noch?", wollte Poppi wissen.

„Keinen Schimmer", lautete Axels Antwort.

Der Gang schien kein Ende zu nehmen. Je tiefer sie hineinkamen, desto langsamer schritten die Knickerbocker voran. Nun war Vorsicht geboten. Für einen Moment kam Lilo der Gedanke, dass die halb offene Drehtür kein Zufall, sondern eine Falle gewesen war. Aber sie schob die Idee blitzschnell zur Seite. So pessimistisch durfte sie nicht sein.

„Eine Tür", meldete Axel. Die vier Freunde richteten ihre Taschenlampen darauf und überlegten kurz. „Es bleibt uns nichts anders übrig, als ... sie aufzumachen ... wenn sie nicht abgesperrt ist!“, stieß Lieselotte hervor. Axel legte seine Hand auf die verschnörkelte Klinke und drückte sie nieder. Die Tür sprang auf. Dahinter befand sich eine Treppe, die nach oben führte.

Nun fassten die Knickerbocker einander an den Händen, atmeten einige Male tief durch und stiegen hinauf. Sie erklommen Stufe für Stufe und blickten sich ängstlich um. Wohin kamen sie? „Wahrscheinlich in ein Haus“, vermutete Axel. Ein Beweis dafür waren die kleinen Lampen, die das Treppenhaus spärlich erhellten.

Die nächste Tür. Abermals fasste Axel Mut und öffnete sie. Er stieß sie auf und die anderen drängelten hinter ihm, um auch zu sehen, wo sie sich befanden.

„Oh!“ Das war das Einzige, was sie herausbrachten. „Das ist ... das ist ... ein Riesen-Puppenhaus“, flüsterte Poppi.

In der Tat blickten die vier Freunde in eine Halle, in der sie gerade noch aufrecht stehen konnten. Die Möbel, die Teppiche, die prachtvollen Kristalllüster – alles war nur halb so groß wie in einem gewöhnlichen Haus und wirkte putzig und zierlich.

Ohne darüber nachzudenken, streiften die Knickerbocker ihre schmutzigen Schuhe ab und betraten in Socken die niedrige Halle.

Von ihr führten zahlreiche Türen – weiß gestrichen mit Blattgoldverzierungen – zu anderen Räumen. Eine davon stand offen und gab den Blick in einen fürstlich möblierten Salon frei. Auch hier war alles so klein, als gehörte es zu einem Kinderzimmer. Staunend und ständig nach allen Seiten blickend, durchquerten die Freunde den Raum. So gelangten sie zu einem Kunstwerk aus geschnitztem Holz und Glas, das den Garten vom Wohnraum trennte. „Das ... das ist wie im Märchen“, murmelte Lilo, als sie in die Nacht hinausblickte.

Auch im Garten wuchsen nur kleine Bäume und Sträucher, die zu Kugeln und Pyramiden zurechtgeschnitten waren. In ihnen funkelten und blinkten winzige Lampen, die wie Flitter wirkten.

„Wem gehört dieses Haus ... und der Garten?", fragte Dominik.

„Hände hoch!", lautete die Antwort.

Erschrocken wirbelten die Junior-Detektive herum. Hinter ihnen, in der Tür, die zur Halle führte, stand – zuerst trauten die Knickerbocker ihren Augen nicht – eine schwarzhaarige Puppe in einem spitzenübersäten Gewand. Sie hatte einen weiten, glockenförmigen Rock an und ein eng geschnürtes Mieder und erinnerte an Bilder, die man oft in alten Schlössern bewundern kann. Das einzig Störende an der Puppe war, dass sie ein Gewehr in den Händen hielt und auf Axel, Lilo, Poppi und Dominik zielte.

„Hände hoch!", wiederholte die Figur. Artig streckten die Knickerbocker ihre Arme in die Luft. „Das ... das ist keine Puppe ... das ist ... ein Mensch!", japste Dominik.

Die kleine Frau, die höchstens 70 Zentimeter maß, lief im Gesicht hochrot an und schrie: „Natürlich bin ich ein Mensch. Ein Mensch aus Fleisch und Blut! Denkt ihr, so was wie mich gibt es nur im Zirkus?"

„Nein, nein, bestimmt nicht!" Die vier schüttelten energisch den Kopf. Sie wollten die Gefühle der Liliputanerin nicht verletzen.

„Wie seid ihr hereingekommen?", wollte die Frau wissen. Nicht ihre Kleidung war das Seltsame an ihr, sondern ihr Wesen. Das Gesicht der Frau glich einem Kindergesicht. Doch die Figur war die Figur einer erwachsenen Frau. Ihr Alter war nicht zu schätzen. Sie wirkte unecht und künstlich, auf der anderen Seite aber auch lieblich und bedauernswert.

Lieselotte setzte zu einem Bericht an, meinte aber vorweg:

„Bitte … bitte, wir wollen Ihnen nichts tun. Wir erzählen Ihnen alles, aber bitte legen Sie das Gewehr weg."

Das Superhirn redete auf die Frau ein und versuchte Zeit zu gewinnen. Es brauchte die Zeit, um darüber nachzudenken, mit wem sie es zu tun hatten. Auf welcher Seite stand die Frau? Auf der Seite der Ganoven oder …? Schließlich entschied sich Lilo, Vertrauen zu haben.

Die Liliputanerin erlaubte ihnen, die Hände herunterzunehmen, und bot ihnen sogar einen Platz an. Da die Möbel aber zu klein waren, setzten sich die Knickerbocker auf den Boden. Lieselotte stellte die Bande vor und schilderte in knappen Worten, was sich in der vergangenen Woche alles ereignet hatte und wieso sie überhaupt in die Gruft gelangt waren.

Die Frau sank in sich zusammen und seufzte immer wieder. „Es tut mir Leid … euch sollte es nicht treffen. Euch nicht!", murmelte sie immer wieder. „Alle Mühe umsonst. Alles vergeblich!"

Erwartungsvoll blickten Axel, Dominik, Poppi und Lieselotte sie an. Eigentlich erwarteten sie nun eine Erklärung. Und die kam auch.

Rache!

„Mein Name ist Arianna Mandolla“, begann die puppenhafte Frau ihre Erzählung. „Ich bin kein Kind, auch wenn ich so wirke. Ich bin eine erwachsene Frau. Zweiundvierzig Jahre bin ich alt.“ Ungläubig schüttelten die Knickerbocker den Kopf. „Mein Vater war Mario Mandolla, manchen auch bekannt als Baron Pizza. Er besaß viele Pizzerias in Italien und war dafür berühmt, die besten Pizzas des Landes zu backen. Durch einen Betrüger hat er dann aber viel Geld verloren und Pleite gemacht.“

Arianna hatte die Hände im Schoß gefaltet und drückte und knetete sie. Das Gespräch schien sehr schmerzhaft und mühevoll für sie zu sein. „Was ihm blieb, war seine Sammlung alter Kunstwerke. Und ich! Papa hat mich geliebt. Ich war sein einziges Kind und nach dem frühen Tod meiner Mutter sein einziger Gefährte. Mein Vater wollte immer nur eines: ein sorgenfreies Leben für mich. Vor allem meine Zukunft hat ihm großes Kopfzerbrechen bereitet. Ein Liliputaner wie ich erntet nur Spott und Hohn in der Welt der Großen.“

Axel nickte. Jaja, dieses Problem kannte er gut. Auch er war im Vergleich zu seinen Schulkameraden ein Zwerg. „Papa hat mich nie in öffentliche Schulen geschickt, sondern mich von Privatlehrern unterrichten lassen. Er hat mir diesen kleinen Palast erbauen und einrichten lassen. Ich sollte meine eigene Welt haben, in der ich Prinzessin bin. Geschützt von drei Gartenmauern, liegt mein Reich inmitten eines Parks, den nur meine Diener betreten.

Was ich nicht wusste, war, dass mein Vater alle seine Kunstwerke verkaufte, um das Geld für mein Reich zu bekommen. Er trennte sich von Bildern und Statuen, die für ihn wie Kinder waren. Alles aus Liebe zu mir. Als ich das bemerkte, war es bereits zu spät. Es war nur noch ein Gemälde übrig. Ein Leonardo da Vinci. Ein besonders seltenes und kostbares Werk, das in der Mitte durchgeschnitten war. Es bestand also aus zwei Hälften."

„Wir haben eine gesehen ... in der Gruft!", sagte Poppi aufgeregt. Arianna nickte. „Nach der Fertigstellung meines Palastes ist mein Vater schwer erkrankt. Es war eine Krankheit, die damals nur in Amerika erfolgreich behandelt werden konnte. Ich hatte aber kein Geld für die Reise und die Ärzte und deshalb bot ich den Leonardo zum Verkauf an. Die vier größten Kunstsammler und Kunsthändler des Landes kamen und waren begeistert. Allerdings erschien ihnen der Preis zu hoch. Mein Diener, der die Verkaufsgespräche führte, wurde dann aber eines Tages niedergeschlagen und beraubt. Zum Glück hatte er nur eine Hälfte des Bildes bei sich. Aber sie verschwand und die zweite Hälfte verlor dadurch an Wert. Mein Vater starb eine Woche danach."

Arianna schluckte, konnte die Tränen aber nicht zurückhalten. Sie weinte leise in ihr kleines, spitzenumrandetes Taschentuch und blickte die Knickerbocker dann entschuldigend an. „Das war vor zehn Jahren. Seit damals hatte ich nur einen Gedanken im Kopf: Rache! Vendetta! Rache für den Tod meines Vaters. Aber vorher hatte ich mit ganz anderen Problemen zu kämpfen. Wovon sollte ich leben?

Die großartige Ausbildung, die mir mein Vater hatte zukommen lassen, machte sich dann aber bezahlt. Ich spreche nicht nur sechs Sprachen, sondern habe auch Geschichte, Geografie und Latein studiert. Vor allem die alten lateinischen Schriften der Dichter und Schriftsteller des antiken Rom haben mich interessiert. Ich habe viel übersetzt und von einem Helfer in Bibliotheken und Archiven nach noch unbekannten Werken suchen lassen. Dabei stieß ich auf einen

Reisebericht, in dem ein heute unbekannter römischer Autor nicht nur den Ausbruch des Vesuv und den Untergang von Pompeji, sondern auch das Ende einer Räuberbande beschrieb, die etwas außerhalb der Stadt ihr Versteck hatte. Er nannte es ‚die gerechte Strafe'!"

Dominik horchte auf. „Signor Salmone hat uns von Plänen erzählt, die ihm angeboten worden sind ...", warf er ein.

„Von mir!", bestätigte Arianna seinen Verdacht. „Aber er hat abgelehnt. Dabei bin ich nie unter meinem richtigen Namen aufgetreten. Ich nannte mich Baron Pizza und habe meinen Vater weiterleben lassen. Persönlich bin ich nie in Erscheinung getreten.

Auf jeden Fall beschloss ich, meine letzten Geldmittel zusammenzukratzen und eine kleine Forschergruppe auf die Beine zu stellen. Sie hat an der Stelle gegraben, die ich nach der Übersetzung festgelegt hatte, und fand Schmuck, Goldmünzen und Juwelen in einer Menge, die unfassbar war. Kein Mensch hätte je mit diesem Fund gerechnet und ein Museum hat mir sofort ein Angebot gemacht. Bis zu meinem Lebensende erhalte ich jeden Monat von diesem Haus einen großen Betrag, von dem ich gut leben kann. Mehr als das, der größte Teil des Geldes kann gespart werden. Und von den Ersparnissen habe ich im Laufe der Zeit viele der Kunstwerke zurückgekauft, die Vater für mich veräußert hat.

Aber ich habe auch die Gruft bauen lassen. Sie sollte die Folterkammer des Diebes werden, der das halbe Bild gestohlen hat."

Lilos Superhirn kombinierte sofort: „Den Brief mit der Nachricht über den Tod des Baron Pizza haben Sie ausgeschickt. An die vier Kunstliebhaber und -händler, die sich damals für die Gemälde interessiert haben: Signor Baldi, Signor Salmone, Signora Bellina und Signora Walla."

Arianna nickte und ihre schwarzen Haare wippten mit.

„Ich bin sicher, dass einer von ihnen der Dieb ist. Die Gier wird ihn packen, und er wird alles daransetzen, um an die zweite Hälfte des Leonardo da Vinci zu gelangen. Er oder sie wird alle Schlüssel an sich bringen und zur Gruft kommen. Denn nur die vier wissen von der zweiten Hälfte!"

Die Knickerbocker mussten diese Hoffnung aber zerstören. „Die vier waren alle nicht gerade wild auf die Pizza-Schlüssel. Es gibt einen fünften Menschen, der sie wollte und auch bekommen hat. Er befindet sich im Garten bei der Gruft. Nur scheint er geahnt zu haben, was ihn erwartet, und deshalb hat er uns als Versuchskaninchen vorgeschickt."

Arianna ließ sich den Mann mit der Maske beschreiben und überlegte kurz. „Ich weiß nicht, wer hinter der Maske steckt. Ich weiß es leider wirklich nicht!"

Plötzlich sprang Lilo in die Höhe. Fast zur gleichen Zeit schrie Poppi: „Aber ich!" Die beiden Mädchen blickten einander erstaunt an und nannten in derselben Sekunde denselben Namen.

„Du sollst deiner Strafe nicht entgehen. Auch du sollst Angst, Entsetzen und Furcht verspüren", grollte Arianna, ballte die Faust und hob sie drohend in die Luft. „Es wird dort unten niemand verletzt", versprach sie. „Es ist nur ein Gruselkabinett. Bitte helft mir, den Schuldigen hineinzulocken."

Die Knickerbocker-Freunde waren einverstanden. Schnell hatten sie mit der kleinen, zierlichen Frau besprochen, wie sie vorgehen wollten, und sofort danach machten sie sich an die Arbeit. Die Zeit drängte.

Drei Fliegen auf einen Streich!

Am Eingang zur Gruft stand noch immer der Mann im schwarzen Umhang. Er lüftete seine Maske mehrmals und wischte den Schweiß darunter fort. Wieso war nichts mehr zu hören? Wieso drang kein Laut aus dem Grab? Eine Zeit lang war dumpfes Dröhnen aus der Gruft gekommen, aber nun herrschte Ruhe.

Ein leises Zischen und anschließendes Knarren und Quietschen ließen den Unbekannten zusammenzucken. Der schwarze, innere Deckel der Gruft bewegte sich wieder. Diesmal schwenkte er aber nicht nur nach unten, er faltete sich auch auf und verwandelte sich in eine Treppe.

„Das Bild muss irre viel wert sein!“, rief eine Kinderstimme in der Gruft. „Das nehmen wir mit! Komm! Jetzt aber raus und weg!“ Die dunkle Gestalt wich zur Seite und versteckte sich seitlich neben dem Eingang zur Gruft. „Nein, wir lassen das Bild jetzt noch da und holen es später!“, schlug eine Jungenstimme zu.

Schritte waren zu hören und zwei Kinder stiegen aus der Gruft. Sie schienen vergnügt und aufgeregt und schlenderten fröhlich plappernd aus der Kapelle.

Die dunkle Gestalt wartete, bis sie zwischen den Bäumen verschwunden waren, und eilte zum Abgang in die Gruft. Sie raffte die Ränder ihres Umhanges, schob die Maske in die Höhe, damit sie besser sehen konnte, und hastete die steile Treppe nach unten.

Die Wände der Gruft waren wieder gedreht und ließen den Raum als kleines, aber feines Museum erscheinen.

Die dunkle Gestalt erschrak sehr, als hinter ihr die Treppe wieder in die Höhe klappte. Sie zog den Kopf ein und blickte sich vorsichtig um. Jede Sekunde rechnete sie mit einer Überraschung.

„Buona sera, Signora Bellina!", begrüßte eine Stimme sie frech. Die dunkle Gestalt zuckte zusammen, als hätte sie jemand geschlagen, und versuchte die Maske über das Gesicht zu ziehen. „Das können Sie bleiben lassen. Wir wissen auch so, wer Sie sind. Ihr Gesicht war nur der endgültige Beweis", meinte Axel. Er stand mit Lilo lässig gegen die Kopie der David-Statue gelehnt und grinste. „Sie haben Signor Baldi bestohlen. Sie haben uns beinahe in der Zisterne umgebracht. Sie haben Axel und Poppi im Totenkeller überfallen und uns bei Signor Salmone gerettet. Den Überfall auf sich selbst haben Sie natürlich nur erfunden. Der einzige Grund, warum Sie uns in Rom treffen wollten, war, uns neugierig zu machen. Wir sollten auch zur Gruft kommen und den gruseligen Ort für Sie auskundschaften."

Die Frau setzte immer wieder dazu an, etwas zu sagen, aber sie brachte vor Schreck kein Wort heraus. „Poppi hat Sie bereits gestern erkannt", verkündete Axel. „Sie haben nämlich noch die Spuren ihres Bisses am Handgelenk."

Lilo lachte. „Und mir ist leider erst jetzt etwas Wichtiges eingefallen. Sie haben gestern behauptet, kein Wort Deutsch zu können. Trotzdem haben Sie eine meiner Fragen sofort verstanden, noch bevor Antonello sie übersetzt hatte. Das war unvorsichtig und verräterisch."

„Sie sind gemein! Sie wären auch vor einem Mord nicht zurückgeschreckt, nur um an die zweite Hälfte des Bildes heranzukommen. Sie sollen sie haben!", rief Axel.

„No, no, nein … Bild? Wovon redet ihr? Ich habe geerbt und ich wollte nur nicht … teilen mit den anderen", verteidigte sich Signora Bellina.

„Auf Nimmerwiedersehen!", verabschiedeten sich die Knickerbocker. Als die Frau auf sie zustürzen wollte, drehte sich die Wand blitzschnell, und sie knallte gegen die Steine. Gleich darauf begann der Spuk, den die Bande bereits überstanden hatte.

Zufrieden marschierten Lilo und Axel durch den Gang ins Haus zurück. Signora Bellina sollte ruhig ein wenig schmachten, bevor sie von der Polizei abgeholt wurde. Auch Arianna nickte zufrieden, als die beiden Junior-Detektive in das kleine Nebenzimmer traten, von wo aus die Liliputanerin die Gruft per Knopfdruck steuern konnte.

„He, wo sind Poppi und Dominik?", fragte Lieselotte. Die beiden hatten sich den Weg durch den Garten erklären lassen und wollten auf diese Weise zum Haus zurück. Hatte sie jemand aufgehalten?

Arianna schaltete zwei Monitore ein, auf denen Bilder des nächtlichen Gartens und der Gruft erschienen. Auf keinem waren Poppi oder Dominik zu sehen.

Die kleine Frau wählte andere Videokameras an, die ihr kleines Reich überwachten, und schrie plötzlich leise auf. Sie schlug die Hand vor den Mund und deutete mit der anderen entsetzt auf den Bildschirm.

„O nein ... Signor Salmone ... und der Kaugummi-Kauer", stieß Lieselotte erschrocken hervor. „Was wollen die?"

Axel war es klar: Rache! Es ging, wie oft in Italien, um Rache! Die Knickerbocker-Bande und Antonello hatten den Patron der Kinderbande endgültig ruiniert. Dafür wollte er sich nun rächen.

Leider übertrugen die Kameras keinen Ton, denn Salmone redete auf die beiden jüngeren Knickerbocker ein. Was er sagte, konnten die anderen beiden in der Steuerzentrale nicht verstehen, aber sie sahen die Pistole in seiner Hand. Fieberhaft überlegten Axel und Lieselotte, was nun geschehen sollte.

Poppi und Dominik hatten ihren Augen nicht getraut, als

plötzlich Signor Salmone und seine Helfer vor ihnen standen. Salmone rann wie immer der Schweiß von der Stirn und er keuchte wie ein Walross. „Wo sind die anderen?“, zischte er. „Wo sind die anderen?“ Die beiden Junior-Detektive waren vor Schreck stumm und brachten kein Wort über die Lippen. „Ich will euch alle und ich mache euch nicht kalt. Ich verkaufe euch. Ich verkaufe euch nach Südamerika. Dort sollt ihr in den Bleibergwerken krepieren! Ihr miesen Kröten!“ Der Kaugummi-Kauer nickte zustimmend und kaute heftiger denn je.

Poppi und Dominik wichen Schritt für Schritt zurück. Der Abstand zwischen ihnen und Salmone blieb immer gleich. Sie zitterten am ganzen Körper und konnten ihren Blick nicht vom Lauf der Pistole wenden. Mit den Händen tasteten sie nach hinten, um nicht gegen einen Baum zu rennen und zu stürzen. Diese Bewegung hätte der Patrone für einen Fluchtversuch halten und abdrücken können.

„Ihr entkommt nicht. Meine Leute haben euch bis hierher verfolgt, sie werden euch nie entwischen lassen. Also raus mit der Sprache, wo sind die anderen Biester?“, bohrte der Signore weiter.

Poppi und Dominik hatten die Gruft erreicht und tappten im Rückwärtsgang in das Häuschen. Salmone folgte ihnen. Der Kaugummi-Kauer blieb stets dicht hinter ihm.

„Ah!“, schrie Poppie auf. Beinahe wäre sie zu Fall gekommen, da sie über die steinerne Einfassung der Gruft gestolpert war. Die Knickerbocker-Kumpels hatten keine andere Möglichkeit. Da sie den Gangster nicht näher an sich herankommen lassen wollten, setzten sie den Rückwärtsmarsch fort.

Verdammt, wieso geschah nichts? Wieso half ihnen keiner? Wo blieben Lilo und Axel?

Wahrscheinlich saßen sie bei Arianna und feierten bereits

den Abschluss dieses Falles. Sollten sie schreien? Um Hilfe rufen? Was würde der fette Patrone dann tun?

Aus! Ende! Poppi und Dominik konnten nicht weiter. Sie standen mit dem Rücken an der Kapellenwand und kamen nicht weiter. Salmone lachte heiser und schadenfroh, als er über die Einfassung der Gruft stieg und auf sie zukam. Der Kaugummi-Kauer streckte die Arme aus und machte mit den Händen eine würgende Bewegung.

„Nein!“, schrien Poppi und Dominik.

„Oooaaaa!“, brüllten Salmone und sein Helfer. Ein Schuss peitschte durch die Nacht. Sand rieselte von oben herab.

Dominik rieb sich die Augen. Wie war das möglich? Die beiden Männer waren verschwunden. Plötzlich waren sie weg! Warum? Poppi beugte sich vor und begann zu lachen. In der Tiefe der Gruft ertönte ein weiterer Schrei. Signor Salmone und sein Helfer waren also unten angekommen.

Arianna hatte die beiden jüngeren Knickerbocker schließlich doch auf ihren Bildschirm bekommen und genau im richtigen Moment den Mechanismus ausgelöst, der die schwarze Gruftabdeckung nach unten schwenkte und zur Rutschbahn werden ließ. Salmone und der Kaugummi-Kauer waren bei Signora Bellina und konnten ihr Gesellschaft leisten. Da nun keine der Drehwände klemmte, gab es kein Entkommen aus der Gruft.

Aber noch immer war der Fall nicht abgeschlossen. Eine böse Überraschung erwartete die Bande noch.

Durch den dunklen, geheimnisvollen Garten liefen Poppi und Dominik in Richtung Haus. Auf halbem Weg kamen ihnen Axel und Lieselotte entgegen und umarmten sie stürmisch und erleichtert. Gemeinsam marschierten sie zu Ariannas Märchenpalast.

Auf der Terrasse stand die kleine Prinzessin und lächelte glücklich. „Ich hätte nie gedacht, dass Signora Bellina der

Dieb war, aber es gibt eben immer wieder wunderliche Sachen“, meinte sie. „Und ehrlich gesagt, die Rache hat mich nicht glücklich gemacht. Ich bin froh, dass Signor Salmone sein entsetzliches Handwerk gelegt werden kann. Die Polizei wird bald eintreffen. Ich verständige sie gleich!“

„Aber vorher bekomme ich noch, wonach ich schon so lange suche!“, sagte eine Stimme im Garten.

Die Knickerbocker und Arianna blickten in die Richtung, aus der die Stimme kam, und zuckten zusammen.

Wer hätte das gedacht?

„Signor Baldi!“, riefen Axel, Lilo, Poppi und Dominik im Chor. „Sie … Sie sind der Dieb?“

Der weißhaarige Italiener, den Lieselotte noch vor einigen Tagen für einen Traum-Großvater gehalten hatte, wurde von einem heiseren Lachen geschüttelt. „Ich war leider sehr beschäftigt, als ich diesen Scherzbrief von Baron Pizza erhalten habe“, sagte er. Aus seiner Stimme war jeder freundliche Klang verschwunden. Er redete eiskalt und ohne menschliche Regung. „Ich wollte nämlich gerade Kapital aus dem Leonardo schlagen. Deshalb habe ich auch den Überfall auf der Küstenstraße eingefädelt“, erzählte er. Die Junior-Detektive hoben erstaunt die Augenbrauen. „Ja, ihr braucht nicht so dämlich zu gucken. Es war ein kleiner Versicherungsbetrug. Damit er glaubhaft schien, haben wir auf einen ähnlichen Wagen gewartet, der zuerst ‚überfallen‘ worden ist.“

Axel schlug sich auf die Stirn. „Na klar, darum ist der Ferrari auch so langsam gefahren. Damit er überholt wird!“

Signor Baldi nickte. Poppi kam ein entsetzlicher Gedanke. „Wieso … wieso erzählt der uns alles? Wir können es doch ausplaudern!“ Der Sizilianer schien ihre Gedanken zu erraten und meinte: „Genug geredet. Ich will das Bild. Und keine Tricks.“

Lieselotte nahm allen Mut zusammen und erklärte kaltschnäuzig: „Wir haben es heute schon gesehen. Es befindet sich in der Gruft!“ Sie hoffte, dass Baldi zur Kapelle mitkommen würde und sie ihn über den Auslösemechanismus in die Tiefe befördern konnten.

„Dann holt es herauf!“, sagte der Mann scharf. „Ich falle nicht auf irgendeinen plumpen Gauklertrick herein.“

Daneben! Dieser Plan war also danebengegangen. Aus dem Wohnzimmer fiel genügend Licht, sodass Dominik etwas neben Signor Baldi erkennen konnte. Es war ein Metallkanister. Ein Kanister, in dem normalerweise Benzin oder andere brennbare Stoffe aufbewahrt wurden. Der Ganove plante also, den Park und den kleinen Palast in Flammen aufgehen zu lassen. Es gab nur einen Grund, wieso er gerade die Wahrheit bekannt hatte. Die Knickerbocker-Bande und Arianna sollten in dem Feuer sterben.

„Geh jetzt endlich einer los!“, sagte Baldi drohend und scharf. Noch immer zögerten die Junior-Detektive. In der Gruft saßen Salmone und seine Helfer. Sie hatten wahrscheinlich eine Pistole.

Arianna schien noch weiter geschrumpft zu sein. Die kleine Frau seufzte und meinte: „Ich erledige das. Es gibt einen Zugang zu dem Bild.“ Sie drehte sich um und trat durch die Glastür ins Haus.

Poppi riss die Augen auf. Hinter Signor Baldi stand ein vierarmiger Kerzenleuchter, der plötzlich zu schweben begann. Er hob sich und sauste dann auf den Kopf des Diebes nieder. Mit einem leisen Stöhnen ging der Mann zu Boden.

Aus der Dunkelheit trat Antonello, klopfte sich die Hände ab und meinte: „Ich scheine gerade richtig gekommen zu sein!“

Ende gut – alles gut? Ja! Eigentlich war alles wieder gut! Die Kinder in Neapel, die für Signor Salmone stehlen mussten, waren frei. Leicht würde für sie der Umstieg in ein anderes Leben nicht werden. Aber ein Geschwisterpaar, das Salmone aus dem Waisenhaus hatte entführen lassen, würde zu Mama Sophia kommen. Bei ihr würde es ihnen bestimmt gut gehen.

Lucia Bellina würde vor Gericht gestellt werden.

Signor Salmone, der Kaugummi-Kauer und einige andere

Mitglieder der Bande, die ebenfalls gefasst werden konnten, genauso.

Arianna Mandolla besaß ihren Leonardo da Vinci wieder und übergab ihn einem Museum, wo sich viele Menschen an ihm erfreuen konnten.

Vielleicht fragt ihr euch noch, wieso Antonello im geheimnisvollen Garten aufgetaucht war. Diese Rettung verdankten die Knickerbocker – so seltsam es klingen mag – Signor Salmone. Dieser war nämlich im Hotel Alberto aufgetaucht und bis zum Zimmer der Bande gelangt. Bei seiner lautstarken Suche nach der Junior-Detektiven hatte ihn Antonello beobachtet und von da an verfolgt.

Salmone hatte die Botschaft der Taube auf dem Nachtkästchen neben Lilos Bett entdeckt und war zur Rialtobrücke geeilt. Der Gondoliere, der Signora Bellina zum Garten gebracht hatte, war um diese Zeit gerade zurückgekehrt und hatte dem Gauner den Weg verraten. Für ein dickes Trinkgeld, versteht sich.

Antonello war ihm gefolgt. Aber als er die Gondel, in der er unterwegs war, am Zugang zu dem Garten anlegen lassen wollte, war ein anderes Boot an ihnen vorbeigefahren und ihm zuvorgekommen. Gesteuert wurde es von Signor Baldi.

Nach diesem Abenteuer hatten sich die vier Knickerbocker wirklich erholsame Ferien verdient. Arianna schenkte ihnen aus Dankbarkeit deshalb vier Fahrkarten für eine Kreuzfahrt im Mittelmeer.

Eine Kreuzfahrt, die sie direkt zur Insel der Ungeheuer bringen sollte …

DIE KNICKERBOCKER-BANDEN-CHECKLISTE

KREUZE EINFACH DIE KNICKERBOCKER-BÄNDE AN, DIE SCHON IN DEINEM REGAL STEHEN.

❑ 1 Rätsel um das Schneemonster
❑ 2 Ein Ufo namens Amadeus
❑ 3 Lindwurmspuk vor Mitternacht
❑ 4 Wenn die Turmuhr 13 schlägt
❑ 5 Bodenseepiraten auf der Spur
❑ 6 Das Phantom der Schule
❑ 7 Die Tonne mit dem Totenkopf
❑ 8 Wo ist der Millionenstorch?
❑ 9 Treffpunkt Schauermühle
❑ 10 Der Fluch des Schwarzen Ritters
❑ 11 Die Nacht der Weißwurst-Vampire
❑ 12 Schokolade des Schreckens
❑ 13 Der Ruf des Gruselkuckucks
❑ 14 Jagd auf den Hafenhai
❑ 15 Das Zombie-Schwert des Sultans
❑ 16 SOS vom Geisterschiff
❑ 17 Die Rache der roten Mumie
❑ 18 Kolumbus und die Killerkarpfen
❑ 19 Die Gruft des Barons Pizza
❑ 20 Insel der Ungeheuer
❑ 21 Frankensteins Wolkenkratzer
❑ 22 Der tätowierte Elefant
❑ 23 Die Drachen-Dschunke
❑ 24 Der weiße Gorilla
❑ 25 Der Grüne Glöckner
❑ 26 Im Dschungel verschollen
❑ 27 Im Tal der Donnerechsen
❑ 28 Titanic, bitte melden!
❑ 29 Der Eiskalte Troll
❑ 30 Im Reich des Geisterzaren
❑ 31 Der Bumerang des Bösen
❑ 32 Kennwort Giftkralle
❑ 33 Das Riff der Teufelsrochen
❑ 34 Das Geheimnis der gelben Kapuzen
❑ 35 Der Geisterreiter
❑ 36 Im Wald der Werwölfe
❑ 37 Die giftgelbe Geige
❑ 38 Das Haus der Höllensalamander
❑ 39 Das Biest im Moor
❑ 40 Die Maske mit den glühenden Augen
❑ 41 Die Hand aus der Tiefe
❑ 42 13 blaue Katzen
❑ 43 Die Rote Mumie kehrt zurück
❑ 44 Die Höhle der Säbelzahntiger
❑ 45 Der Mann ohne Gesicht
❑ 46 Hinter der verbotenen Tür
❑ 47 Das Phantom der Schule spukt weiter
❑ 48 Der unsichtbare Spieler
❑ 49 Es kam aus dem Eis
❑ 50 Der Schrei der goldenen Schlange
❑ 51 Der Schatz der letzten Drachen
❑ 52 Das Wesen aus der Teufelsschlucht
❑ 53 Das Diamantengesicht
❑ 54 Das Gold des Grafen Drakul
❑ 55 Der Taucher mit den Schlangenaugen

DIE KNICKERBOCKER BANDE

DIE KNICKERBOCKER BANDE
DIE KNICKERBOCKER BANDE
als Hörspielserie!
2 Thomas Brezina
TITANIC, BITTE MELDEN!
3 Thomas Brezina
DER UNSICHTBARE SPIELER
Ravensburger
4 Thomas Brezina
DAS GEHEIMNIS DER GOLDENEN SCHLANGE
Ravensburger
1 Thomas Brezina
DER SCHATZ DER LETZTEN DRACHEN
Ravensburger
Die spannendsten Abenteuer der Knickerbocker-Bande an den aufregendsten Plätzen der Erde.
Jetzt in einer neuen Dimension.
Spannung pur auf CD oder MC.
Ravensburger

Auflösung von Seite 10:

Als die vier den Zeichenwettbewerb einer Lederhosenfirma gewannen und einander bei der Preisverleihung kennen lernten.